정복왕 King of
Conquest

BBULMEDIA FANTASY STORY
비경(飛炅) 판타지 장편 소설
정복왕
2
King of Conquest
뿔미디어

CONTENTS

9장

마도 문명과 수련

(1)

카젠트가 보기 시작한 것은 과거의 한 장면이었다.

끊임없이 강해지기를 추구했던 인간들.

그들은 한계없는 강함을 추구했다.

인간의 가진 한계를 끊임없이 벗어나기를 원했기에 계
속해서 강함을 추구한 것이다.

하지만 인간은 자연의 힘 앞에서는 너무나 미약했다.

어느 날 갑자기 찾아온 대재앙.

그것은 거대한 지진이었다.

지진은 순식간에 인간이 이룩한 모든 문명을 말 그대로

무로 되돌렸다.

인간의 욕망이 부질없다고 보내는 신의 메시지라 되듯 인간의 모든 것을 지워 버리는 거대한 지진.

마법사들이나 기사들은, 그리고 고대 문명의 영광을 누리던 모든 인간들은 하늘을 보며 절규했다.

지진은 단순히 땅을 찢어발긴 것이 아니라 그냥 뒤엎는 것 같았다. 아니, 뒤엎었다. 그렇게 거의 모든 문명들이 사라져 버렸다.

수많은 인간들이 그렇게 죽었다.

수억에 달하던 인구가 고작 몇 백만으로 줄어들기까지는 그리 오랜 시간이 걸리지 않았다.

전 대륙을 뒤덮은 거대한 지진.

그 대재앙은 인간의 모든 것을 소멸시키고 그렇게 멈췄다.

하지만 유일하게 살아남은 마탑이, 문명의 잔재가 살아 숨쉬고 있었다.

마지막 남은 최후의 마탑, 이카루스.

마지막 남은 마법사와 기사들이 자신의 힘과 영혼, 그리고 생명을 바쳐서 만든 마법진으로 이카루스를 지켰다.

그것은 바로 차원의 왜곡.

오직 이 마탑과 그 주변만의 차원을 현 차원으로부터 분리하고 왜곡시켜 마탑을 남게 한 것이다. 자신들이 남기고 싶은 모든 것들을 남긴 채로.

이 차원의 결계를 열기 위해서는 특수한 힘이 필요했다.

고대 문명은 그것을 '왕의 자질'이라 불렀다.

평범한 사람들한테서는 결코 존재할 수 없는 힘.

인간의 한계를 넘게 해 주는 신기(神奇).

그렇게 그들은 자신의 모든 것을 바쳐서 탑과 유물을 남긴 채 차원에서 영원히 사라졌다.

다시는 윤회로도 돌아올 수 없는 완벽한 소멸의 길을 택하면서도 그들을 웃었다.

그들이 바라는 것은 오직 단 하나뿐이었다.

언젠가 이 문명을 부활시킬 왕의 귀환을 기다리고 자신들의 문명을 다시 찬란하게 꽃피울 수 있는 그날이 돌아오는 것.

그것을 위해서 그들은 자신들을 희생한 것이다.

최후의 문명을 지켰다는 사명감에 그들은 웃으면서 소멸을 했다.

"크으윽!"

카젠트가 한쪽 무릎을 굽히고 말았다. 더 이상 유입되는 정보는 없었지만 여전히 머리가 깨질 듯이 아팠다.

그의 회색빛 눈동자에서는 검은빛이 뿜어져 나오고 있었다.

"모두 경계를 푼다. 이곳은 몬스터들이 침입할 수 없는 곳이다."

불안한 눈초리로 자신을 바라보는 병사들에게 그렇게 명을 내리고 카젠트는 자리에서 일어났다.

'어떻게 된 것인가.'

카젠트가 얼굴을 찌푸리며 깊게 고민했다.

그에게 '왕의 자질'이라는 거창한 것 따위가 있을 리 없었다. 애초부터 사생아인 자신에게 무슨 자질이란 말인가.

왕이 되고 싶다는 것과 왕의 자질은 좀 다른 얘기가 아닌가에 대해서 진지하게 고민하는 그였다.

그러다 문득 떠오르는 생각.

'그 남자 정도는 되야 하려나?'

제1왕자 알베드 폰 크로아.

혈연적으로 보면 자신의 형이지만, 제대로 형이라 부르지 못한 사내.

아니, 그와 자신은 선천적으로 어울릴 수 없는 존재였
다.

"후천적으로 얻은 공안(空眼)도 '왕의 자질'이 될 수
있다는 건가?"

카젠트가 무의식적으로 중얼거렸다.

이상하게 왕의 자질과 관련된 정보는 알 수가 없었다.
그것에 관해 떠올리기만 하여도 머리가 깨질 듯이 아파졌
기 때문이다.

"모두들 따라오도록."

카젠트의 명령에 불안감이 사라진 수련 기사들이 카젠
트를 따라가기 시작했다.

카젠트가 망설임 없이 탑에 들어가자 불안해하는 수련
기사가 몇 나오긴 했지만 너무나 당당한 카젠트의 태도에
그들도 따라 안으로 들어갔다.

"우와아!"

수련 기사들은 멍한 표정으로 거대한 강철의 거인을 바
라보았다.

이 시대 전쟁의 꽃, 강철의 거인 기간트가 마탑 1층 공
동에 서 있었다.

그 수는 무려 10기였다.

고대의 마도 공학으로 만들어진 기간트.

"이름이…… 아이언 나이트(Iron Knight)인가."

카젠트 역시 감탄한 듯 고개를 끄덕였다.

현재 대륙에서 주류를 차지하고 있는 기간트는 제3세대형 기간트였다.

제1세대가 그저 몸만 움직일 수 있었다면, 제2세대는 검이나 다른 무구들을 사용할 줄 아는 기체들이었다. 그리고 제3세대형은 마나포라는 원거리 공격이 가능한 병기를 장착한 기체들이었다.

제2세대와 제3세대는 마나포의 유무만이 차이가 있을 뿐, 그리 큰 차이는 없었다.

실버 팽이라는 기간트를 조종해 본 카젠트도 이 아이언 나이트를 보며 감탄할 수밖에 없었다.

은빛 전신에 붉은 장갑을 가진 이 기간트는 하나의 예술이라 할 수 있었다.

거기에 대륙의 양어깨에 마나포를 장착한 기존의 것과 달리 아이언 나이트는 양 허벅지 쪽에 마나포가 장착되어 있었다.

"출력은…… 1.7인가?"

출력 역시 상당했다.

각 국가에서 주류를 차지하고 있는 타이탄은 출력이 1.3~1.6 사이였고, 각국의 근위기사단 정도는 되어야 그 이상의 출력을 가진 기간트를 탈 수 있었다.

하지만 카젠트는 이 기간트들만이 아니라 다른 기간트가 있다는 사실에 놀랐다.

파팟!

경악한 그가 엄청난 속도로 마탑 2층으로 올라갔다.

거기에는 총 5기의 기간트가 있었다.

하지만 그 충격은 아이언 나이트를 봤을 때의 충격을 훨씬 상회하는 것이었다.

총 5기의 붉은 기간트들.

4기는 같은 기종이었고 한 기만이 다른 기종이었는데, 그중 한 기가 카젠트의 마음을 완전히 사로잡았다.

카젠트는 멍한 표정으로 그 기간트를 향해 다가갔다.

우웅!

카젠트의 손에 닿자 그 기간트에서 붉은빛이 뿜어져 나온다.

"블러디…… 나이트(Bloody Knight)."

─그대는 왕의 자질을 가진 자. 그대만이 우리를 다시 빛으로 이끌어 줄 수 있다.─

갑작스럽게 들려오는 음성에 놀란 카젠트.

하지만 그는 곧 이것이 방금 전의 현상과 같다는 것을 알 수 있었다.

이것은 그에게 전해 주는 메시지.

소멸을 선택하면서도 그들이 진실로 원했던 세상으로의 귀환.

"그것이 그대들의 염원이라면 내가 이루어 주지. 그러니 그대들은 그걸 믿고 기다리도록."

카젠트의 대답에 블러디 나이트에서 빛이 사라졌다.

비로소 카젠트가 명실상부하게 이 탑의 주인이 된 것이었다.

"왕을 위한 기간트, 블러디 나이트. 그리고 이들은 크림슨 나이트(Crimson Knight). 출력 2.5와 출력 2.0이라…… 완전 괴물이군."

대륙에서도 몇 안 되는 최상위의 기간트마저 이 탑은 보유하고 있었던 것이다.

2층에서 내려온 카젠트는 자신을 바라보고 있는 수련 기사들의 시선을 느낄 수 있었다.

이미 절반 이상의 인원이 죽은 상황이었다.

"너희들도 알다시피 이곳은 고대의 유적이다. 기간트도

있는 정말 멋진 유적인 것이다. 하지만 너희들도 알다시
피 우리에게는 이것을 지킬 힘이 없다."

기간트를 조종하기 위해서는 오러를 다룰 수 있는 정식
기사의 존재가 꼭 필요했다.

"하지만 걱정하지 말도록. 이곳에는 우리를 더욱 강하
게 만들어 줄 수 있는 것들이 많으니까 말이다."

카젠트의 말에 웅성거리는 수련 기사들.

"나는 일단 이 나라의 왕이 될 생각이다."

한 국가의 왕이 된다는 말을 장난스럽게 하는 카젠트.

이 어이없는 말에 모두들 멍한 눈으로 카젠트를 바라보
았다.

"너희들은 분하지도 않은가? 목숨을 바쳐서 악마의 숲
을 개척했던 우리다! 수많은 동료들이 죽어 나갔지만 우
리는 성공했다! 그들의 희생을 발판 삼아 우리는 악마의
숲을 개척했던 것이다! 하지만 왕국에서 우리에게 보여
준 것은 냉혹한 배신이었다!"

마치 포효하듯 외치는 카젠트의 연설에 모두의 눈이 충
혈되기 시작했다.

"우리가 바꾸는 것이다! 그들의 죽음이 헛된 게 아니라
고! 그들은 왕을 위해 죽은 것이라고!"

카젠트의 전신에서 무시무시한 기세가 피어올랐다.

소드 마스터들이 유형화된 투기를 뿜어낼 수 있다면 이 것은 선택받은 왕들만이 보여 줄 수 있는 기세 방출일 것이다. 그리고 병사들은 그런 카젠트의 기세에 압도되고 감화되었다.

"너희들은 나를 따르겠는가!"

"따르겠습니다! 오직 저하를 위하여!"

아르젠이 한쪽 무릎을 굽히고 고개를 숙이며 외치자 수련 기사들도 그 행동을 따라 했다.

"따르겠습니다! 오직 저하을 위하여!"

큰 소리로 외치는 수련 기사들을 만족스럽다는 듯이 바라보는 카젠트.

"너희들은 더 이상 나약한 수련 기사들이 아니다. 내가 그렇게 만들어 줄 것이다. 너희들은 이제부터 나의 기사가 될 것이다. 너희들이야말로 나의 검이고 나의 방패다."

다시 나지막하게 말하는 카젠트였지만 모두 알아들었다.

"우리가 이 마탑에서 나가는 날, 대륙은 바뀔 것이다. 나의 손으로, 그대들의 손으로."

"전하의 명을 받듭니다!"

아르젠의 선창에,

"전하의 명을 받듭니다."

나머지도 크게 외쳤다.

이것은 대륙을 일통한 황제의 첫 일보였다.

(2)

카젠트는 수련 기사들을 이끌고 탑의 3층에 올라갔다.

그곳에는 수많은 방들이 있었다. 얼핏 봐서도 20~30개가 넘는 방들.

"이곳은 고대의 검술이 잠들어 있는 곳이다. 고대의 기사들이 자신의 검술을 맡겨놓은 것이지."

카젠트의 말에 뭔가 기대감 어린 표정을 짓는 수련 기사들.

"그래, 이제 너희들이 원하는 방에 들어가도록. 아르젠은 남고."

카젠트의 말에 수련 기사들이 서둘러서 저마다 각자의 방으로 들어갔다.

고민하는 수련 기사들도 있었고 바로 들어가는 수련 기사들도 있었다. 개중에는 왔다 갔다 하면서 돌아다니며 고민하는 수련 기사들이 여기저기 기웃거리고 있었다.

"너희가 들어가는 방이 바로 너희의 운명인 것이다. 두
려워 말도록. 너희들은 나의 검이라는 것을 잊지 말고 나
아가라."

나지막하게 들려오는 카젠트의 목소리에 이윽고 아르젠
을 제외한 19명의 수련 기사가 모두 방으로 들어간다.

그런 수련 기사들을 재밌다는 듯 미소 지으며 바라보는
카젠트.

"저하."

카젠트가 들려오는 목소리에 몸을 돌렸다.

이곳에서 유일하게 자신과 같은 10대인 아르젠.

뭐, 그 거대한 몸은 더 이상 17살의 몸이라 하기엔 차
고 넘쳤지만 말이다.

"너는 저들보다 마나 친화력이 뛰어나다. 나보다도 말
이지. 거기다가 기감 역시 말이다. 너는 충분히 소드 마스
터가 될 재능이 있다. 따라서 너는 저들과 다른 방에 들어
갈 것이다."

물론 카젠트 자신도 15살에 오러를 검에 씌우긴 했다.
하지만 그것은 소드 마스터의 완벽한 가르침 아래에서 이
루어진 것이다. 거기다가 부족한 마나를 제이칼이 자신의

마나를 넘겨줌으로써 채워 주지 않았던가.

하지만 아르젠은 달랐다.

체계적인 지도 없이 17살의 나이에 오러를 형성한 것이다.

그런 만큼 진정한 천재는 아르젠이라 해도 과언이 아니었다.

카젠트의 말에 얼굴을 붉히는 아르젠.

"너는 여기서 수련하지 않는다. 나를 따라오도록."

카젠트와 함께 4층에 올라간 아르젠.

4층에는 방이 정말 몇 개 없었다.

기껏해야 5개 정도?

"이곳은 고대의 소드 마스터들이 자신의 진전을 남긴 곳이다. 5명밖에 남기지 못했지만 말이지."

"그런!"

경악한 아르젠이 카젠트를 바라보았다.

그 눈빛의 의미를 깨달은 카젠트가 고개를 끄덕였다.

"그래, 너는 여기서 수련한다. 하지만 그렇다고 자만하지 말도록. 마나 친화력에 차이가 있을지언정 검술은 꼭 마나에 비례하는 것이 아니니까."

꼭 희대의 천재라고 해서 소드 마스터가 될 수 있는 것은 아니었다.

뼈를 깎는 노력으로 소드 마스터가 된 사람도 충분히 있기 때문이다.

50세에 소드 마스터가 된 용병왕 로크 블레미어가 그 대표적인 예였다.

뼈를 깎는 노력과 철저한 실전을 통해 50세에 소드 마스터가 된 로크 블레미어는 국가를 떠나 검을 든 모든 이들의 우상이나 다름없었다.

카젠트가 베풀어 주는 배려에 한쪽 무릎을 굽히는 아르젠.

"감사합니다, 왕자님! 이 아르젠 드 토렌! 평생 왕자님을 위하여 온몸을 바쳐 살아갈 것입니다! 왕자님의 검이 되어 왕자님의 대업을 이루시는 그 길의 선두에는 항상 제가 서 있을 것입니다!"

감격한 아르젠이 눈물을 흘리며 외쳤다.

"굳이 너만 아니라 밑의 저들도 모두 나의 검이다. 뭐, 죽을 만큼 수련하는 것은 당연한 거지, 그래야 나의 염원이, 그리고 너희들의 염원을 이루기 위해서라면 강해져야 하니까."

카젠트의 말에 더욱더 눈물을 흘리며 고개를 숙이는 아

르젠.

"들어가라."

"존명!"

아르젠이 눈물을 흘린 채 자리에서 일어나 방으로 들어 간다.

"광검(光劍)의 방인가…… 하긴 저 녀석의 쾌검은 엄청 빨랐지."

카젠트는 고개를 끄덕였다.

아르젠 역시 소드 마스터가 될 재능을 충분히 가지고 있는 남자.

앞으로의 발전이 기대되었다.

"그나저나 환영검도 고대의 검술이었군. 어떻게 대륙에 나왔는지 의문이긴 하군. 여기에 누가 와 본 것도 아닌데 말이지."

이 탑은 철저히 왕을 위한 곳이었다.

인정받지 못한 자가 이 탑 안으로 들어섰다면 탑에 새 겨진 무시무시한 마법들이 그대로 침입자를 덮쳤을 것이 다.

"뭐, 그게 나한테 중요한 것은 아니지만 말이지."

카젠트는 그렇게 중얼거리더니 그 역시 환영검(幻影劍)

의 방으로 들어갔다.

방은 예상외로 단순했다.

하지만 방 안에 이렇게 넓은 공간이 있다는 게 또 의외이긴 했다.

마법에 일천한 카젠트는 그저 탑의 기억에 의해 이곳이 마법으로 넓혀진 공간인 것은 알았지만, 그 마법의 가치는 몰랐다.

이곳은 잊혀진 공간의 마법이 펼쳐져 있었다.

공간을 다루는 마법 중 공간 확장이 이곳에 펼쳐져 있는 것이다.

우우웅!

그때, 방의 중앙에서 새하얀 빛의 입자들이 모이기 시작하며 한 사람의 형상을 만들었다.

─그대가 나의 계승자인가?─

한 중년인이 카젠트를 바라보며 물었다.

"고대 문명의 마법은 엄청나군, 정말."

이미 소멸한 사람을 다시 모습을 드러내게 하다니.

이것은 한 영혼의 기억이었다.

또한 기억이면서 동시에 현세에 어느 정도 개입을 할 수 있었다.

이 방 안에서만 존재할 수밖에 없지만 물리력도 행사할 수 있는 것이다.

—다시 묻겠다. 그대가 나의 계승자인가?—

중년인의 대답에 얼굴을 굳힌 카젠트가 고개를 끄덕였다.

"제가 바로 당대의 환영검의 계승자입니다."

카젠트의 말에 엄숙한 표정의 중년인이 서서히 고개를 끄덕였다.

—내 이름은 르티아 데 카르얀. 환영검의 창시자이다.—

카젠트에게는 까마득한 시조인 셈이다.

카젠트의 태도가 더욱 공손해졌다.

자신의 시조 격 되는 존재에게 막 대할 정도로 그는 정도를 모르지는 않았다.

—그러나 신기한 일이군. 내가 여기 있는데 환영검이 대륙에 남아 있단 말인가?—

르티아 데 카르얀의 말에 고개를 끄덕이는 카젠트.

"하지만 이름만 같을 수도 있는 일이지요."

—그렇긴 하지. 하지만 그대는 아닌 것 같군. 그 회색 눈동자는 공안을 개안한 자만이 가질 수 있기 때문이지.

그러니 그대는 환영검의 계승자라 할 수 있다. 그대의 검을 보이도록. ―

쿠오오오오!!!

르티아 데 카르얀의 전신에서 어마어마한 투기가 유형하되며 솟아오르기 시작했다.

"이건 전개가 너무 빠르군."

허탈한 듯 쓸쓸한 미소를 지은 카젠트 역시 검을 굳게 쥐었다.

(3)

쿠오오오오!!!

르티아 데 카르얀의 전신에서 유형화된 투기가 솟구치며 카젠트를 휘감기 시작했다.

하지만 소드 마스터의 무시무시한 투기를 받고 있음에도 카젠트는 어느 정도 견딜 수 있었다.

일반적으로 소드 마스터보다 낮은 경지의 기사들은 소드 마스터의 투기를 받자마자 굳어 버리곤 하는데, 카젠트는 그런 이들과 다른 모습을 보인 것이다.

그 이유는 카젠트는 이 정도의 투기는 항상 받으면서

생활했기 때문이다.

그의 스승인 제이칼 폰 크리에는 평소엔 정이 많지만 훈련을 할 때에는 너무나 엄격해진다.

투기를 받으면서 대련을 빙자한 구타를 스승이 쓰러진 그날까지 계속 받아 왔던 것이다. 그렇기에 카이젠은 르티아 데 카르얀의 투기를 어느 정도 견딜 수 있었다.

"크윽!"

하지만 그뿐.

검을 뽑는 것도 너무나 어려운 상황.

르티아 데 카르얀은 그저 고요히 서서 카젠트를 바라볼 뿐이었다.

카젠트와 같은 아무런 감정이 없어 보이는 것 같은 회색빛 눈동자.

"이대로…… 질 것 같습니까!"

순간적으로 카젠트의 전신에서 무언가가 뿜어져 나오며 르티아 데 카르얀의 투기를 완화했다.

—과연 왕이라는 거군.—

쉬에엑!

카젠트가 빠른 속도로 르티아 데 카르얀을 향해 달려들

더니 검집에서 검을 뽑아 그대로 내리그었다.

환영검에서 자랑하는 쾌속의 발검술.

채앵!

하지만 검집만으로 튕겨 내는 르티아.

물론 카젠트 역시 이번 공격이 성공할 거라고는 꿈에도 생각 안 했다.

그가 100명쯤 있어도 눈앞의 소드 마스터를 이기는 것은 불가능했다.

단지 여태까지 자신이 배우고 느꼈던 것을 펼칠 뿐이었다.

"하앗!"

검을 거둬들이자마자 르티아의 심장을 향해 검을 내지르는 카젠트.

하지만 르티아는 한 발자국만을 움직여서 카젠트의 공격을 가볍게 회피했다.

"어딜!"

마치 예상이라도 했다는 듯 바로 검을 휘두르는 카젠트.

그의 검이 르티아의 목을 향해 쇄도했다.

카젠트의 공안(空眼)으로도 르티아 데 카르얀의 행동을

읽는 것은 불가능하지만 지금처럼 힘을 뺀 상태에서는 그 주변의 공간 정도는 읽을 수 있었다.

채앵!

검집을 들어 올려 카젠트의 공격을 막아 내는 르티아.

쉬에엑!

그때, 카젠트의 발차기가 르티아를 향해 쇄도했다.

―호오?―

이번 공격은 르티아로서도 의외였는지 가볍게 감탄하며 왼손을 내뻗어 가볍게 받아 쳐냈다.

다시금 밑에서 사선으로 올라오는 카젠트의 검격.

이번에도 쉽게 튕겨 내는 르티아.

자신의 공격이 계속해서 막히자 카젠트가 뒤로 물러나며 르티아를 향해 검을 겨눴다.

우우웅!!

그리고 생성되는 푸른 오러.

그 순간, 르티아의 눈썹이 꿈틀거렸다.

"하앗!"

카젠트가 다시 한 번 질주하며 검을 내리그었다.

하지만 이번에도 역시 르티아가 가볍게 막아 내며 왼쪽 주먹을 내질렀다.

퍼억!

"크으윽!"

양팔을 교차해 막아 냈지만 전신을 뒤흔드는 엄청난 충격이 고스란히 전해졌다. 그리고 쇄도하는 검집.

퍼억!

그대로 검집이 머리를 강타하자 기절하고 마는 카젠트였다.

그렇게 의식을 잃고 한 10분 정도가 지났을 때, 카젠트가 눈을 떴다.

—검술 자체는 훌륭했다. 어린 나이에도 공안을 터득해 그것을 전투에 이용할 줄 아는 것은 대단하다. 하지만 환영검에서 가장 중요한 비의를 잃어 버렸더군.—

"그게 무슨!"

자신의 스승인 제이칼 폰 크리에가 직접 가르쳐 준 검술이었다.

그런 검술에 비의가 빠져 있다니.

그것은 곧 검술이 완벽하지 않다는 것을 의미하는 것이었다.

—그렇다. 환영검에서 추구하는 오러는 그러한 오러가 아니다. 이것이 환영검의 진정한 오러다.—

르티아가 검을 내밀며 말했다.

하지만 그런 모습을 처음 보는 카젠트로서는 어이없기만 했다.

무슨 변화가 있어야 할 것 아닌가.

르티아의 검은 그저 평범한 검이었다.

"무슨……."

뭐라 따지려 했던 카젠트의 얼굴이 경악으로 물들기 시작했다.

그의 공안이 르티아 검을 감싸고 있는 마나의 파동을 읽은 것이다.

"무색의 오러라고!"

이제껏 한 번도 들어 보지 못했던 무색의 오러. 아니, 그것은 오러라고 칭할 수 있는 것이 아니었다.

우우웅!!

무색의 오러가 더욱 짙어지면서 공간이 떨리기 시작하더니 검에서 솟구쳤다.

"오러…… 블레이드."

공안으로 마나의 파동을 읽을 수 있는 카젠트였기에 쉽게 파악할 수 있었다.

―그대가 익힌 것은 반쪽짜리. 익힌 검술은 괜찮지만

오러를 운용하는 방법이 틀렸다. 그래서는 파탄이 발생할 수밖에 없지. 지금의 그대는 느끼지 못할 것이나 나와 같은 경지에 오른다면 그 문제점을 알게 될 것이다. —

장황하게 연설하는 르티아를 바라보던 카젠트는 문득 한 생각이 떠올랐다.

제이칼 폰 크리에가 로드 나이트(Lord Knight)에게 패했을 때를.

잘 나가고 있던 마나의 흐름이 뒤틀림으로써 허점을 드러냈다.

로드 나이트는 그 허점이 나타나자 바로 공격해 버렸기에 제이칼 폰 크리에는 허무하게 패배했고 그 상처를 평생 안고 살아야 했다.

"완전한 검을 가르쳐 주십시오."

카젠트가 흔들리는 목소리로 말하자 르티아도 고개를 끄덕였다.

— 당연히 그대가 익혀야 할 것이었다. 그대는 현재 존재하는 유일한 환영검의 후예이니 말이야. —

카젠트, 그는 르티아와의 인연을 통해 더욱 강해지기 위한 새로운 힘을 얻을 수 있는 발판을 마련하였다.

한편, 광검이라는 칭호를 가진 이의 방에 들어간 아르젠은 살짝 미소를 짓고 있는 청년을 볼 수 있었다.

—애송이, 네 이름이 뭐지?—

청년의 말에 아르젠이 얼굴을 찌푸렸다.

"내 이름은 아르젠 드 토렌! 카젠트 폰 크로아 왕자 저하의 당당한 검이오! 나를 애송이라 부를 권한이 그대에게는 없소!"

호기롭게 외치는 아르젠을 보며 청년은 '이것 봐라?' 하는 눈빛으로 아르젠을 바라보았다.

—입은 살아 있는데, 과연 검이 그 입을 따라 줄까?—

씨익.

악동과 같은 웃음을 지은 청년이 그대로 자신의 검을 뽑자 이에 질세라 아르젠도 자신의 검을 뽑았다.

서로 대치하는 것도 잠시뿐.

청년이 살짝 미소를 짓는 순간, 아르젠은 빛을 보았다.

번쩍!

잠시 무의식적으로 눈을 감은 아르젠이 눈을 떴을 때는 아무런 고통도 느끼지 못했다.

하지만 그는 말을 할 수 없었다.

그의 검이 어느새 반으로 갈라져 버렸기 때문이다.

─극한의 속도와 힘이 결합된 검은 굳이 오러를 싣지 않아도 충분히 강철을 베어 버릴 수 있지. 뭐, 어디를 공격해야 하는지 파악하는 것이 중요하기는 하지만 말이다. 애송아, 다시 한 번 네 이름을 말해 봐라. ─

이미 압도적이라는 말도 부족할 정도의 실력 차를 경험했다.

아니, 오히려 자신이 저런 것을 배울 수 있다는 사실에 전율을 느끼며 아르젠은 큰 소리로 외쳤다.

"제 이름은 아르젠 드 토렌! 카젠트 폰 크로아 왕자 저하의 검이며 또한 저하의 영광된 미래를 위해 기꺼이 초석이 될 각오를 하고 있습니다!"

─큭. 처음으로 들이는 제자치고는 재미있는 녀석이군. 너 자신보다는 왕자와 모두를 위한 검이라는 거냐? 상관 없겠지. 하지만 이것만은 명심하도록, 내 수련은 엄청 힘 들다는 것을. ─

"저는 뭐든지 다 할 각오가 되어 있습니다!"

아르젠 역시 강함을 추구하는 존재.

드디어 이제 그가 가진 모든 재능이 만발할 수 있는 기회를 얻게 되었다.

그뿐만이 아니라 탑에 존재하는 21명 모든 이들이 각

자 자신의 각오와 신념을 품고 강함을 위해 끊임없이 수련하였다.

그리고 그렇게 5년이라는 세월이 흘렀다.

(4)

카젠트와 같이 탑에 들어온 수련 기사 중에서 28살로 나이가 많은 축에 끼는 미켈란과 역시 같은 수련 기사 출신의 24살 에스톤이 검을 굳게 쥐어 서로에게 겨눴다.

"시작해라."

카젠트의 명에 두 사람이 서로에게 달려들었다.

휘익!

선공은 미켈란이었다.

그가 익힌 검술은 츠바이 핸더라는 양수검으로 펼치는 패도적인 검술이었다.

그런 그가 단숨에 검을 내리그었다.

채앵!

"크윽!"

팔이 저릴 정도의 공격에 얼굴을 찌푸리는 에스톤.

하지만 그는 방패를 뒤로 뺌으로써 어느 정도 위력을 감소시켰다.

그가 익힌 검술은 방패와 검을 함께 사용하는 검술이었다. 소위 말하는 정통인 것이다.

에스톤이 그대로 방패를 밀어젖혀 미켈란을 밀어내고 검을 내질렀다.

하지만 미켈란은 왼발을 축으로 회전하여 미켈란의 찌르기를 회피했다.

그리고 단숨에 수평으로 검을 휘두르는 미켈란.

채앵!

다시 방패로 막아내는 에스톤.

그리고 방패를 위로 올려젖히자 미켈란의 검이 튕겨져 나갔다.

그에 따라 빈틈으로 몸통이 드러난 미켈란을 향해 다시 한 번 검을 내지르는 에스톤.

퍼억!

하지만 미켈란은 그 상태에서 발차기로 에스톤의 검을 든 오른손의 손목을 가격했다.

결국 궤도가 비틀린 에스톤의 찌르기가 무위로 돌아갔다.

그사이 자세를 취한 미켈란이 거세게 검을 수직으로 휘둘렀다.

쾅!

"크윽!"

간신히 방패로 막아 내는 에스톤.

"하앗!"

미켈란이 사선으로 검을 그어 올렸다.

채앵!

그대로 에스톤의 검이 허공을 향해 날아갔다.

"거기까지. 미켈란의 승리다."

카젠트의 말에 승자인 미켈란은 미소를 짓고 에스톤은 침통한 표정을 지었다.

"그럼 이제 정기 대련의 결과가 거의 다 정해졌군."

탑에 온 지 벌써 5년이라는 시간이 흘렀다.

카젠트 일행은 한 달에 한 번씩 정기적으로 대련을 열었다.

모두의 실력을 점검하고 실전 감각을 잊지 말자는 뜻에서 진검으로 대련이 이루어졌다.

그리고 모두들 진짜 죽음을 각오하고 검을 휘둘렀다.

어지간한 상처를 단숨에 치료해 주는 마나 포션이 셀

수도 없을 정도로 준비되어 있었기 때문에 가능한 도박이
었다.

단지 오러는 사용 금지였다.

5년 동안 그들의 삶은 완전히 지옥이라 해도 과언이 아
니었다.

식량은 마나를 쌓기 위해 화기로 익힌 음식을 피해야
했고 이상한 단약 같은 것만 먹었다.

그리고 한 달에 한 번은 정기적으로 서로의 실력을 겨
뤄야 했고, 패자는 자신들의 스승에 죽도록 얻어 터져야
했다.

기사 간의 대련이 결국 그 스승들의 자존심 대결이 된
것이다.

비록 방 밖으로 나갈 수 없는 기억들의 흔적이겠지만
어느 정도 물리적으로 개입할 수 있는 능력을 가진 그들
이었기에 바깥의 상황을 보는 것 정도는 쉬웠고, 그들은
각방의 존재들과 연결할 수도 있었다.

그렇기 때문에 패하지 않으려고 모두들 죽을 만큼 노력
을 한 것이다.

뭐, 그러한 노력이 있었기 때문에 카젠트와 아르젠, 그
리고 카일을 제외하고는 모두 엑스퍼트 하급에 오를 수

있었다.

카젠트는 엑스퍼트 최상급, 아르젠은 상급, 놀랍게도 이제 29살의 카일은 중급의 경지에 오를 수 있었다.

탑의 마나 밀도가 다른 곳에서보다 5배나 더 높기 때문에 가능한 상황이었지만, 그래도 그에 뒷받침되는 노력이 없었다면 불가능하다는 것을 모두가 알고 있었다.

"모두들 알고 있겠지만, 오늘은 기간트 라이더를 정하는 날이다. 라이더는 지난 5년간의 대련 결과를 통해 이루어졌다."

카젠트가 자신의 기사들을 둘러보며 말했다.

이들은 여태까지 탑의 기간트인 아이언 나이트의 라이더가 되기 위해 결투를 벌인 것이다.

소드 엑스퍼트 최상급이 된 카젠트는 말할 것도 없이 권력(?)과 무력으로 블러디 나이트를 차지했고, 소드 엑스퍼트 상급에 오른 아르젠이 4기의 크림슨 나이트 중 한 기를 차지했다.

카일 역시 크림슨 나이트를 탈 수 있었다.

원래 출력 2.0 이상의 기간트는 소드 마스터가 타야 제대로 된 출력을 발휘할 수 있는 것이 기존의 학계 정설이었다.

그렇기에 카젠트나 아르젠, 카일 역시 아직 자신들의 기체의 출력을 반 정도만 끌어 올릴 수 있었다.

"기간트를 얻지 못한 기사들은 슬퍼하지 말도록. 우리가 밖으로 나가는 날이 머지않았으니 말이다. 그때가 되면 다 하나씩 장만해 주지."

카젠트가 씩 웃으며 말했다.

"와아아!!"

그러자 패배한 기사들이 함성을 지르기 시작했다.

"그렇다고 아직 나가는 것은 아니다. 아직 너희들은 기간트를 제대로 조종조차 못하니 말이다."

문제는 그것이었다.

카젠트는 이미 능숙하게 기간트를 조종할 수 있었지만 다른 이들은 아직 기간트의 출력 정도만 끌어 올릴 수 있을 뿐, 전혀 조종할 수 없었다.

그렇기에 수련 기사들에게 기간트를 주는 곳은 이 세상 어디에도 없었다.

"그러니 다시 한 번 지옥을 뛰어넘는 수련의 시작이다!"

카젠트의 말에 모든 기사들의 표정이 침울해졌다.

그들은 이제 수련이나 대련, 이 두 말만 들어도 몸에

각인된 공포로 인해 몸부터 떠는 것이다.

"그럼 기간트 라이더로 선정된 기사들은 모두 자신의 기체에 올라타도록. 그대들의 첫 번째 임무는 워프 게이트를 통해 6층으로 올라가는 것이다. 시간은 10분 주지. 아르젠과 카일 역시 마찬가지다."

"전하의 명을 받듭니다!"

기사들이 일제히 복창했다.

이미 그들 사이에서 카젠트는 왕이었다.

현재 공간을 뛰어넘을 수 있는 마법은 4서클 마법인 텔레포트뿐이었다.

워프는 텔레포트에 비해 효율이 매우 나빴지만 7서클 마법으로, 매우 고차원 마법이면서도 현재는 잃어버린 마법이기에 쓸 수 없는 마법이기도 했다.

하지만 이 탑은 계단뿐만 아니라 기간트들을 위한 워프 게이트가 갖춰져 있었다.

탑의 6, 7층은 기간트를 제대로 조종하기 위해 마련된 공간이었던 것이다.

"후우."

카젠트가 얼굴을 찌푸리며 블러디 나이트의 조종틀에 손과 발을 끼워 넣었다.

이 기간트는 실버 팽과 조종 방식이 조금 달라서 그 역시 아직 완벽하게 적응하지 못한 상황이었다.

물론 아르젠보다는 낫긴 했지만.

그 차이를 증명하듯 힘겹게 워프 게이트에 올라선 크림슨 나이트에 비해 블러디 나이트는 편하게 올라갔다.

"6층으로."

카젠트가 말을 하자 워프 게이트에 빛이 뿜어져 나오더니 한순간 두 기체가 사라졌다.

팟!

6층에 도착한 두 기체.

그 순간,

쿠당당탕!

10여 기의 아이언 나이트가 한순간에 나타나 몸이 엉키면서 모든 기체들이 그대로 쓰러지고 말았다.

다만, 카젠트의 블러디 나이트는 재빨리 도약을 해서 난장판으로부터 벗어날 수 있었다.

"아직 멀었군."

꼴사나운 기사들의 모습에 얼굴을 찌푸리는 카젠트가 남긴 한마디였다.

그는 제대로 움직였지만 다른 기사들은 전혀 그렇지 않

앉던 것이다.

아직 수련이 끝날 기미는 보이지 않았다.

(5)

콰아앙!

거대한 두 거인이 그대로 서로를 향해 검을 휘두르자 굉음이 울려 퍼졌다.

두 거인의 공통점은 둘 모두 마도 병기인 기간트라는 것이고, 굳이 또 다른 공통점을 찾아보면 모두 붉다는 느낌이 든다는 것 정도?

두 기간트의 이름은 각각 블러디 나이트와 크림슨 나이트로, 현재 카젠트와 아르젠이 대련을 벌이고 있는 것이었다.

타타탕!

블러디 나이트의 양 허벅지에 장착된 소구경 마나포에서 4발의 붉은 마나탄이 크림슨 나이트를 향해 쇄도했다.

팟!

수십 톤에 이르는 무게를 가진 기간트답지 않게 날렵하게 뒤로 도약하는 크림슨 나이트. 그러면서 왼팔의 건틀

릿 사이에 장착되어 있는 소구경 마나포를 쏘아댔다.

타타탕!

단숨에 6발을 쏘아보내는 크림슨 나이트.

콰쾅!

4발의 마나탄이 모두 부딪쳐 소멸하고 남은 두 마나탄
이 블러디 나이트를 향해 쇄도했다. 그러자 블러디 나이
트의 주위에 붉은 막이 형성됐다.

콰앙!

가볍게 폭발하며 그대로 소멸하는 마나탄.

고대 문명의 모든 마도 공학이 집약되어 있는 블러디
나이트답게 제국이나 다른 강대국들도 이제 막 도입된 최
신예 기술들이 갖춰져 있었다.

그건 크림슨 나이트도 마찬가지였지만.

파앗!

서로를 향해 내달리는 블러디 나이트와 크림슨 나이트.

두 검 중 한 검은 아무런 색깔이 없는, 있는지 없는지
알 수 없는 무형 오러와 불을 상징하는 붉은 오러가 피어
오른 상태였다.

콰아앙!

콰아앙!

"과연, 질긴 자식!"

카젠트가 얼굴을 찌푸리며 중얼거렸다.

그와 동시에 블러디 나이트가 검을 왼쪽 하단에서 오른쪽 상단으로 그어 올렸다.

콰앙!

하지만 크림슨 나이트는 검을 내지름으로써 블러디 나이트의 공격 궤도를 뒤틀어 버렸다. 궤도가 뒤틀리자마자 바로 내리긋는 블러디 나이트.

콰앙!

크림슨 나이트는 검을 수평으로 세워 올려 블러디 나이트의 검격을 막아냈다. 그리고 왼쪽 팔을 내밀었다.

왼팔에 장착된 건틀릿 틈 사이의 소구경 마나포에 빛이 모이는 순간,

타타탕!

다시 3발의 마나탄이 쇄도했다.

콰아앙!!!

폭음과 함께 자욱하게 피어오른 연기가 두 기체를 가렸다.

"헉…… 헉……."

아르젠이 숨을 몰아쉬며 연기에 가려진 블러디 나이트

를 바라보았다.

기간트라는 것은 기사들 간의 경지를 무시해 버리는 힘을 발휘하는 최강의 병기다. 그렇기에 설령 소드 마스터라 해도 소드 엑스퍼트 초급에게 질 수도 있다는 것이다.

소드 엑스퍼트 최상급인 카젠트를 상대로 소드 엑스퍼트 상급인 아르젠이 동등하게 붙었고 지금은 오히려 몰아붙인 상황.

하지만 아르젠은 방심할 수 없었다. 카젠트는 그 누구에게도 없는 것을 가지고 있다.

공안(空眼).

상대방의 모든 움직임을 예측할 수 있고, 뿐만 아니라 한 공간이 가지고 있는 모든 정보를 읽을 수 있다. 마나의 흐름, 공기의 흐름 등 그 공간이 가지고 있는 모든 정보를 읽어낼 수 있는 것이다.

따라서 방심은 금물.

다시금 모든 정신을 블러디 나이트에 쏟았다.

촤르르륵!

그때, 한 줄기의 쇠사슬이 크림슨 나이트를 향해 쇄도했다. 쇠사슬의 끝에는 거대한 갈고리가 매달려 있었다.

콰앙!

오러가 실린 검으로 단숨에 쇠사슬을 튕겨 내는 크림슨 나이트.

쉬에엑!

하지만 소음에 가려져 마나탄의 파공음을 제대로 듣지 못했다.

콰앙! 콰앙!

두 발의 마나탄이 그대로 크림슨 나이트의 흉갑을 강타했다.

"크윽!"

파아앗!

그 순간, 엄청난 높이로 도약해서 쇄도하는 블러디 나이트.

콰아앙!

굉음과 함께 크림슨 나이트의 검이 날아갔다.

카젠트의 승리였다.

"그런 기능도 있었습니까?"

아르젠이 얼굴을 찌푸리며 물었다.

"응용의 나름이지."

원래 그 쇠사슬은 기간트도 쉽게 못 오를 곳에 올라갈 수 있게 만든 기능이었다. 하지만 카젠트는 그걸 공격용으로 사용한 것이다.

기간트 조종술과 검술을 병행하여 수련한 지도 100일 정도가 지난 시간. 이제 대부분의 기간트 라이더가 실전에 바로 투입할 수 있을 정도로 조종할 수 있었다.

첫날, 제대로 움직이지도 못하고 쓰러질 때를 생각하면 장족의 발전인 것이다.

"느끼고 있나, 아르젠? 기사들의 실력이 정체되었다는 것을."

하지만 지금에 이르러서는 기간트 조종술이나 검술 모두 발전이 멈춰진 상황이었다.

"느끼고 있습니다. 아무래도 이제 대련만으로 발전하기에는 한계가 온 것 같습니다."

각방의 스승은 정말 대단한 검사들이었다. 하지만 좁은 곳에서의 수련은 이제 기사들의 발전을 저해할 뿐, 더 이상 발전을 추구할 수는 없었다.

"곧 나갈 시기라는 거군."

카젠트가 자신의 기체인 블러디 나이트를 어루만지며 말했다.

"그렇습니다."

왠지 모를 침울한 목소리로 대답하는 아르젠.

그런 아르젠을 바라보며 카젠트는 미소 지으며 물었다.

"아쉬운가?"

"아쉽지 않으면 거짓말이지요. 이곳은 우리의 시작이며 또한 모든 것이기도 하니까요."

아르젠의 말에 고개를 끄덕이는 카젠트.

"우리의 시작이며 또한 모든 것이라…… 좋은 말이다. 하지만 우리가 이곳을 버리는 건 아니지. 이곳은 우리의 요새이며 보금자리다. 다시 돌아올 것이다."

올 때만 해도 소년 티가 남아 있던 카젠트와 아르젠은 둘 모두 이제 20대의 중반을 바라보는 청년이 될 정도로 시간이 흘렀다.

"수하들을 모두 불러 모으도록."

"존명."

그렇게 잠시 시간이 흐르자 아르젠을 비롯한 스무 명의 기사들이 단상 위에 오른 카젠트를 바라보았다.

다들 처음 마탑에 도착했을 때와는 달리 두려워하는 모습은 전혀 느껴지지 않았고 오히려 자신감과 패기가 느껴졌다.

"시간이 많이 흘렀다. 마나를 쥐뿔도 모르던 너희들이 소드 엑스퍼트에 올라 오러를 맺을 수 있게 되었으니 엄청 지나긴 한 거지. 뭐, 그나마 이곳이라 가능하긴 했지만."

카젠트의 말에 미소 짓는 기사들.

"하지만 요즘은 넘쳐흐르는 힘을 풀 곳이 없다고 들었다. 다들 지루한가?"

"지루합니다!"

카젠트의 말에 모두 크게 함성을 지르듯 외쳤다.

"나도 지루하다. 그래서 우리는 이곳을 나갈 것이다."

카젠트의 말에 아르젠을 제외한 모든 기사들이 흠칫했다.

"두려운가?"

"두렵지 않습니다!"

그들은 이제 더 이상 탑에 들어오기 전의 나약한 인간들이 아니었다. 그들은 발전한 것이다.

"앞으로 열흘 뒤, 우리는 이곳을 나갈 것이다. 그때까지 모든 것을 정리하도록. 이상이다."

"존명! 전하의 명을 받듭니다!"

모든 기사들이 한쪽 무릎을 굽히고 상체를 살짝 숙이며

외쳤다.

(6)

카젠트는 새로운 스승이라 할 수 있는 르티아 데 카르 안이 있는 방으로 들어갔다.

카젠트와 르티아가 서로를 바라보았다.

"이제 나가야 할 시간이 온 것 같습니다. 세상에 첫발을 내딛는다고 할까요?"

담담히 보고하듯 말하는 카젠트를 미소 지은 채 바라보고 있던 르티아가 입을 열었다.

—알고 있었느냐?—

그런 르티아의 질문에 고개를 끄덕이는 카젠트.

"처음부터 알고 있었습니다. 저는 이 탑의 주인이니까요."

카젠트는 무표정한 얼굴로 대답했다. 각방의 스승들은 세상으로 나갈 각자의 후인에게 모든 것을 넘기고 사라진다. 이것이 탑의 규칙이었다. 그리고 또한 그들의 사명이기도 했다.

모든 것을 전해 줄 자신의 전인을 찾기 위해 그들은 금단의 선택을 한 것이니 말이다.

―우리의 영혼은 이미 세상에서 소멸된 지 오래다. 신
이 설정한 윤회의 수레바퀴에서도 사라졌지. 하지만 우리
는 그것을 원망하지 않는다. 역천의 이치를 행한 대가이
니 말이다. ―

여전히 따스한 표정으로 카젠트를 바라보는 르티아.

각방의 스승들은 탑에 자신의 기억을 넘기고 그 기억에
마나와 영혼을 투영시킴으로써 현재의 반투명한 상태로
유지될 수 있었다. 또한 어느 정도 물리력을 행사할 수도
있었고 말이다.

―하지만 우리가 영원히 존재할 수는 없는 일이지. 일
단 한 번 후인을 받아들이면 멈춰져 있던 우리의 시간은
흐르기 시작한단다. 그 시간은 그리 길지 않기에 지금에
와서는 얼마 남지 않았단다. ―

말과 함께 팔을 들어 올려 보이는 르티아.

그의 반투명하던 신체 여기저기가 어느새 사라져 있었
다.

이제 그에게 남은 시간이 얼마 되지 않는다는 것을 명
확하게 보여 주는 지표이기도 했다.

―어차피 사라질 존재, 우리는 남겨진 힘을 후인을 위

해 사용하기로 했지. 그게 덜 아까우니까.—

르티아의 손이 카젠트의 아랫배, 마나홀에 닿았다.

카젠트의 얼굴이 일그러졌다.

"이렇게…… 가시려고 합니까?"

카젠트의 무표정한 얼굴이 깨지고 떨리는 목소리로 물었다.

몰라서 묻는 것이 아닌, 확인하기 위해 묻는 것.

카젠트는 지금 또 다른 스승의 죽음을 보게 되는 것이다.

소중한 사람을 잃는다는 고통을, 슬픔을 또 한 번 맛보게 되는 것이다.

—사라지는 것이 아니다. 나의 모든 것이 너의 몸속에서 함께 시간을 보내는 거니까.—

그리고 르티아의 손에서 어마어마한 마나가 카젠트의 마나홀로 쏟아지기 시작했다.

쿠오오오!!

공간이 떨릴 정도로 엄청난 마나의 양.

—우리는 오만했단다. 그렇기에 멸망이라는 결과를 초래하고 말았단다. 하지만 너는 왕이 될 운명을 가진 존재.—

르티아의 끊임없이 사라지기 시작했다.

발에서부터 서서히 위로 소멸이 진행되는 것이다.

—내가 비록 왕은 아니었지만 너에게 충고를 해 주마. 왕이란 가장 밑에 존재하는 이들부터 이끄는 존재라는 것을, 너의 한마디가 많은 사람을 죽음으로 이끈다는 것을.—

르티아의 말이 카젠트의 뇌리에 박혔다.

서서히 정신을 잃어가는 카젠트.

콰아앙!

그때, 카젠트의 내부에서 굉음이 울려 퍼지며 무언가가 깨져 나갔다.

그것을 끝으로 카젠트는 정신을 잃었다.

그런 카젠트의 눈에는 물방울이 맺혀 있었다.

"감사…… 하…… 합…… 스…… 승……."

—너를 제자를 둘 수 있어서 다행이구나, 카젠트야.—

스르르르.

그 말을 끝으로 르티아의 몸이 완전히 투명해지더니 이내 소멸해 버리고 말았다. 그리고 쓰러진 카젠트의 육신. 하지만 이것으로 끝이 아니었다.

정신을 잃은 상태에서 멍하게 눈을 뜨는 카젠트.

쿠오오오!

그의 온몸을 휘감는 무형의 기류들.

진정한 왕의 힘이 그의 몸에 각인되고 있었던 것이다.

소드 마스터, 공안, 그리고 왕의 힘. 카젠트는 드디어 자신이 가진 모든 힘을 완전히 각성할 수 있게 되었다.

"저는 전하를 위해 검을 들 것입니다."

아르젠이 자신의 스승인 광검(光劍) 가웨인 드 칼리안을 바라보며 말했다.

―하여튼 고지식한 놈. 만날 그렇게 딱딱하게 살아서 어떻게 이 험난한 세상을 살려고 하냐?―

가웨인이 싱글벙글 웃으며 물었다.

"전하야말로 제 삶의 의미입니다. 그분이 아니었으면 스승님과 만나지도 못했을 것입니다."

아르젠이 웃으면서 말했다.

―큭. 뭐, 검을 든 자로서 그런 의지도 중요하지. 한 번 맹세한 것은 반드시 지키는 것이 기사의 맹세다. 너는 의지가 굳건하니 그 맹세를 영원히 지키겠지.―

가웨인이 엄숙한 표정을 짓자 아르젠은 고개를 끄덕

였다.

"저는 제 맹세를 지킬 것입니다. 저의 검을 걸고서, 그리고 스승님의 명예를 걸고서."

—하하하! 그래야 내 제자라 할 수 있지. 당당하게 세상을 살아라. 너는 나, 광검의 제자이니 말이야!—

쿠오오오!!!

말을 마친 가웨인의 전신에서 거대한 마나의 기류가 형성되며 아르젠의 몸으로 파고들었다.

콰아앙!

아르젠 역시 카젠트와 마찬가지로 정신을 잃고 말았다.

카젠트는 다시 눈을 떴을 때, 자신의 몸에서 느껴지는 이질감에 당황했다.

원래 가지고 있던 힘과는 차원이 다를 정도로 강력하고 거대한 힘.

그가 무심코 자신의 검에 마나를 넣자,

우우웅!

무형의 오러가 순식간에 검을 뒤덮었다. 계속해서 마나를 쏟아 넣자,

우우웅!!!

무형의 오러가 검에서 뛰쳐나와 새로운 검이 되었다.

"오러 블레이드……."

검의 모든 것을 익힌 자, 인간의 한계를 초월한 자라는 등 여러 수식이 있지만 사람들은 오러 블레이드를 만들 수 있는 검사나 기사를 보며 존경과 경외를 담아 이렇게 부른다.

'소드 마스터'라고.

그것은 아르젠 역시 마찬가지였다.

아르젠의 검에서 형성된 붉은 오러 블레이드.

카젠트는 23살, 아르젠은 22살에 소드 마스터가 된 것이다. 현재 제국에서 로드 나이트라 불리는 이가 28살에 소드 마스터가 된 것을 생각할 때, 둘의 성취는 경이적이라 부를 수 있을 정도였다.

하지만 그렇다고 완벽하냐 하면 또 완벽하지는 않다.

둘은 제대로 된 깨달음을 얻지 못했으니 다른 마스터와 싸운다면 그들은 필패(必敗)이리라.

"하지만 그래도 소드 마스터는 소드 마스터니까."

카젠트가 빙긋 웃으며 방에서 나왔다.

광검의 방에서 나온 아르젠 역시 환하게 미소 짓고 있었고, 둘은 서로를 마주 보며 크게 웃었다.

"하하하하!!!"

둘의 웃음이 탑을 울렸다.

자신들을 위한 스승님들의 희생을 어떻게든 잊으려고
지은 웃음이었지만 웃는 그들의 눈에서는 눈물이 흘러내
리고 있었다.

(1)

그렇게 10일이라는 시간이 흐른 뒤, 모든 기사들이 탑 밖으로 나왔다.

"식량 주머니는?"

"가지고 있습니다."

카젠트의 물음에 카일이 대답했다.

"그럼 이제 세상으로 한 발자국 내딛는 거다."

카젠트의 손이 들어 올려지자 탑이 서서히 투명해지기 시작했다.

그렇게 몇 분 뒤 완전히 모습을 감추는 탑.

"언젠가 다시 돌아올 것이다. 그리고 그때에는 더 성장한 모습으로 올 것이다."

카젠트의 맹세를 들으며 고개를 끄덕이는 기사들. 그들은 굳은 의지가 담긴 모습으로 숲을 향해 발걸음을 내딛었다.

쿠오오—

10마리의 트롤이 카젠트 일행을 향해 달려들었다.

"왕자님, 저희가 처리하겠습니다."

미켈란이 웃으면서 카젠트에게 말했다. 그의 뒤로는 에스톤과 제임스가 미소 짓고 있었다.

"가라."

카젠트의 명령과 동시에 3인이 트롤들을 향해 뛰어들었다. 그들의 검에는 서로 다른 색깔의 오러가 검에 맺혀 있었다.

소드 마스터 2명, 소드 엑스퍼트 최상급 1명, 상급 7명, 중급 11명으로 이루어진, 말 그대로 대륙의 어느 기사단이 부럽지 않은 엄청난 전력이었다.

그런 전력으로 갖춰진 카젠트 일행을 겨우 트롤들 따위가 견뎌낼 리 없었다.

미켈란, 에스톤, 제임스가 순식간에 10마리나 되는 트롤들을 단숨에 베어 갈랐다.

쿠오오!

하지만 트롤들은 물러나지 않고 더욱 수를 늘려서 공격을 감행해 왔다. 그래봤자 3인에 의해 더욱 베어 갈라질 뿐이었다.

"과연 엄청난 수로군."

주위에 느껴지는 것만으로도 10마리 이상의 기척이 느껴졌다.

과거 그들이 트윈 헤드 오우거의 영역을 지나가지 않았다면 그들 역시 이 트롤들에게 결국 죽임을 당했으리라.

"체력은 아껴야지. 전원 돌격하라."

카젠트의 명령에 모두가 검에 오러를 형성하고 트롤들을 향해 달려들었다.

그중에서도 역시 아르젠의 활약이 발군이었다. 그가 검을 휘두를 때마다 무기와 함께 트롤들을 베어 버렸다.

붉은 오러 블레이드는 진짜 불꽃이라도 되는 양 베어진 모든 트롤들을 태워 버렸다.

쿠오오오!

그때, 카젠트를 향해 다가오는 3마리의 트롤.

"저열한 것들이 주제를 모르는군."

카젠트의 회색의 눈동자가 번뜩이더니, 신형이 화살처럼 쏘아졌다. 그와 동시에 카젠트는 검을 수평으로 들어 올렸다.

촤아아악!

단숨에 3마리 트롤의 목이 몸과 분리되어 버렸다.

"모두들 오러를 거둬들여라! 체력을 아껴야 한다!"

카젠트가 크게 외쳤다.

오러의 위력은 매우 강하지만 이렇게 상대가 많아서는 쉽게 체력과 마나가 고갈되기 때문에 그들은 오러를 거둬들여야만 했다.

하지만 기사라는 것은 단순히 오러만으로 결정되는 것이 아닌 존재들. 마나뿐만 아니라 훌륭한 검술과 그로 인해 다져진 육체, 이 3가지 요소가 조화롭게 이루어진 존재가 바로 기사인 것이다.

오러를 사용하지 않고도 더 많이 죽이기 위해 그들의 검술은 더욱 날카롭게 변모해 갔다.

카젠트 역시 순식간에 4마리 정도 되는 트롤을 시체로 만들었다. 그렇게 순식간에 30여 마리나 되는 트롤들을 큰 피해 없이 전멸시킨 일행이었다.

"정말 수가 엄청나군요."

아르젠이 카젠트에게 다가오며 말했다.

"동감이다. 귀찮아 죽을 것 같아. 일단 모두 여기서 잠깐 쉰다."

트롤들의 시체와 그들의 초록색 피로 물든 숲은 매우 역겨웠지만 기사들은 아랑곳하지 않고 나뭇가지를 베어 앉을 곳을 만들었다.

그렇게 다들 대충 자리에 앉자 식량 주머니를 보관하고 있던 카일이 공간 마법과 보관 마법이 새겨진 주머니에서 육포를 꺼내 기사들에게 하나씩 돌렸다.

카젠트 역시 육포 하나를 받자마자 단숨에 반을 뜯어먹었다.

"식량 사정은 충분한가?"

카젠트가 카일을 바라보며 물었다.

"그렇게 많지는 않습니다만, 그래도 5일 정도는 버틸 수 있을 것 같습니다."

카일의 대답에 고개를 끄덕이는 카젠트.

악마의 숲에는 먹을 수 있을 만한 동물들이 많지 않았다. 초식동물은 눈을 씻고 찾아봐도 찾기 힘들었고 간간이 육식동물들이 있었는데, 그 육식동물들은 오크도 두려워할 정도로 강한 샤벨타이거나 실버 울프들이었다.

그런 놈들을 사냥하여 육포를 만든 것이다.

"왕자님, 이제 어디로 갈 생각이십니까?"

아르젠의 말에 모두가 카젠트를 바라보았다.

"아직은 크로아 왕국으로 돌아가지 않는다. 가족들이 있는 사람들에게는 미안하지만 말이다."

카젠트의 말에 몇몇 기사들의 얼굴이 침울해졌다. 그들은 크로아 왕국에 가족들이 있는 사람들이었다.

"일단은 자유무역연맹으로 가서 용병이 된다."

카젠트의 말에 웅성거리는 기사들.

자유무역연맹.

그곳은 남부의 타이렌 합중국과 중부의 알사스 왕국과 코렌트 왕국의 중간 지대였다. 중부에 위치한 3개 국가가 각각의 성격을 가지고 있어 그렇게 신분 차별이 강하지는 않았지만, 그럼에도 여전히 신분 제도를 채택하고 있었다.

그렇기에 모든 사람들이 평등하다는 타이렌 합중국과 분쟁이 있을 수밖에 없었고, 제국을 상대하는 것만으로도 벅찼던 3개의 왕국은 자신들의 일부 영역을 포기하고 중간 지대를 설정했다.

그것이 바로 자유무역연맹.

영토는 어지간한 동부의 5개 국가 중 3개를 합친 것과 비등했고, 이곳 역시 기존의 신분 질서가 통용되지 않았다.

이곳에서 통용되는 것은 금력과 무력뿐. 이 두 요소만이 자유무역연맹에서 신분을 나타내는 지표였다.

"모두 다 의아할 거라고 생각한다. 하지만 이것은 어쩔 수 없는 선택이다. 아무리 우리의 실력이 강해졌다 하더라도 이 정도로는 크로아 왕국을 도모할 수는 없다. 우리는 탑의 기간트조차 당당히 세상에 드러내지 못할 정도로 미약한 존재이다."

카젠트의 말에 이번에는 모든 기사들의 얼굴이 침울해졌다.

탑에 존재하는 15기의 기간트.

카젠트 일행은 모든 기간트를 탑에 두고 왔다.

기존의 대륙에서 전혀 없는 기종이었기 때문에 자칫 모습을 드러냈다간 많은 국가들이 관심을 가질 테고 뺏길 수도 있었다.

아직 그들은 그런 이들로부터 기간트를 지킬 힘이 없었다. 거기다가 그것을 유지할 만한 마법사나 엔지니어도 없는 상황에서 기간트는 그들에게 별 의미가 없었다.

"일단 용병단을 세워 합법적으로 무력을 키워야 한다. 그렇게 무력을 어느 정도 키워야만이 우리의 것을 다시 되찾아올 수 있는 것이다. 알겠는가?"

나지막하게 울려 퍼지는 카젠트의 목소리.

"예, 알겠습니다!"

카젠트의 명령에 외치는 기사들.

그런 기사들을 바라보며 미소 지은 카젠트가 자리에서 일어났다. 아직 그들에겐 그렇게 많이 쉴 수 있는 행복한 여유는 없었다.

"그럼 간다!"

그렇게 아직 세상을 향해 나아가는 이들이었다.

(2)

쿠오오!

숲 속을 뒤흔드는 오우거의 포효 소리.

하지만 카젠트 일행의 표정은 매우 여유로웠다.

"이제 오우거의 숫자도 계속 줄어드는 걸 보니 숲을 거의 다 빠져나온 것 같습니다."

아르젠이 미소 지으며 카젠트에게 말했다.

사실상 이제 악마의 숲 남부 지역은 완전히 빠져나온 상태였다. 그들이 걷고 있는 곳은 악마의 숲의 서쪽 지역이라 할 수 있는 곳이었다.

그러니 숲을 거의 다 빠져나왔다는 아르젠의 말은 틀렸다 할 수 있었으나 이 지역의 몬스터들 중 그들에게 위협을 가할 수 있는 존재는 이제 없다 해도 과언이 아니었다.

"그런 것 같군."

가볍게 고개를 끄덕이는 카젠트.

아르젠과 카젠트를 제외하고서도 일행의 얼굴에 두려움이라는 감정은 전혀 없었다.

"카일과 제롬, 그리고 아서. 너희가 가라."

카젠트의 명령과 함께 고개를 숙이는 3명의 기사.

"명을 받듭니다."

파앗!

검을 뽑아 올린 3명의 기사가 단숨에 오우거를 향해 쇄도했다.

쿠오오오!

오우거가 기사들을 향해 몽둥이를 내려쳤다.

콰앙!

하지만 오우거의 일격은 단순히 땅을 파괴할 뿐이었고,

그 틈을 타 제롬이 거대한 양손 거검을 휘둘렀다.

콰드드득!

순식간에 오우거의 오른팔이 잘려 나가고 카일과 아서가 오우거의 양다리를 베어 갈랐다.

쿠웅!

쓰러지는 오우거의 머리를 베어 가르는 제롬.

숲 속의 제왕이라 알려진 오우거였지만 이미 카젠트 휘하의 기사들은 각 지역에서 내로라하는 검사들과 수준이 비슷했다.

"돌아왔습니다."

3명의 기사가 보여 준 훌륭한 실력에도 마치 당연하다는 듯이 고개를 끄덕이는 카젠트.

그리고 쓰러진 오우거를 향해 다가가는 몇몇의 기사들이 오우거의 가죽과 뼈를 분리하기 시작했다. 일행은 금괴를 몇 개 정도 가지고 있어 재물이 풍족한 편이었지만 함부로 쓸 수는 없었다.

용병단을 위한 자금이기 때문이다.

그래서 떠오른 게 몬스터 사냥.

트롤을 보면 피를 몽땅 뽑아 채취하고 오우거로부터는 가죽을 얻어냈다. 몬스터 천국인 악마의 숲이었기에 꽤 많은 전리품을 얻을 수 있었다.

"제이렌 왕국으로 가실 생각이군요."

동부의 관문이라 할 수 있는 제이렌 왕국.

동부 대륙의 국가 중에서 상업을 통해 가장 발전한 국가였지만, 군사력은 상당히 미약해 전력의 대부분을 용병이 채우고 있었다.

군사력으로 봤을 때, 크로아 왕국이 제이렌 왕국을 훨씬 상회했지만 경제력은 반대였다.

"어차피 자유무역연맹으로 가려면 제이렌 왕국을 통과해야 하니까."

말을 마친 카젠트가 갑자기 딴곳을 바라봤다.

아르젠 역시 마찬가지로 카젠트가 바라보는 곳으로 시선을 옮겼다.

초인의 감각에만 들려오는 작은 강철의 부딪치는 소리.

분명히 전투가 벌어지는 소리였지만 카젠트와 아르젠의 얼굴은 오히려 밝아졌다.

"일이 좀 더 쉬워지겠군."

취이익! 취익!

"무슨 오크가 이렇게 많아!"

타이거 용병단의 단장인 롬멜이 얼굴을 찌푸리며 외쳤다.

그는 영지전, 대회전, 몬스터 토벌 등 수많은 실전을 경험하고 임무들을 완수했다.

본인의 실력 역시 소드 엑스퍼트 중급으로, 대륙에서도 500명밖에 되지 않는다는 A급 용병 중 한 명이었다.

타이거 용변단의 이번 임무는 제이렌 왕국의 왕실 무역 상단을 보호하는 것. 무엇을 보호하는지는 모르지만 매우 중요한 것이었는지 상단은 초입이나마 악마의 숲을 경유하기로 했다.

악마의 숲은 이미 상당 부분 인간의 영지로 개척이 된 상태였기에 용병단도 상단의 결정에 반대를 하지 않고 받아들인 것이다.

그리고 그간 작지만 수많은 상단과 용병들의 희생으로 개척로를 뚫기는 했다. 하지만 그 위험성 때문에 몇 년 동안 방치된 것을 이번에 사용한 것이다.

하지만 악마의 숲 서부 지역이 왜 여전히 남부 지역처럼 미개척으로 남아 있는지에 대해 신경 쓰지 않은 것이 그들의 실수였다.

이 서부 지역의 몬스터들은 힘이나 수적인 면에 있어

다른 지역의 몬스터들을 상회해 거의 남부 지역의 몬스터와 맞먹었다.

쉬에엑!

다시 수십 발의 화살이 용병들을 향해 쇄도한다.

"하앗!"

다들 한가락 하는 용병들이라 자신에게 날아오는 화살들을 손쉽게 받아쳐 냈다.

"크아악!"

하지만 화살을 받아쳐 내는 것은 일정 경지의 올라야 할 수 있는 기예이다. 때문에 그렇지 못한 신입 용병들이 순식간에 화살에 꿰뚫려 쓰러지고 말았다.

"가렌! 젠장할!"

롬멜이 엄청난 속도로 화살을 쏘아대고 있는 오크 궁수들을 향해 달려들었다.

쉬에엑!

다시 한 번 쏟아지는 화살들.

하지만 롬멜은 엄청난 속도로 검을 휘두르며 자신에게 다가오는 모든 화살들을 튕겨냈다.

"취익! 취익! 인간…… 빠르다!"

오크들이 당황하는 순간, 롬멜의 양손대검이 순식간에

오크들의 목을 베어 날렸다.

초록색 오러가 그의 검을 휘감고 있었고, 초록빛이 번뜩일 때마다 오크들의 목이 순식간에 날아갔다.

그렇게 용병단이 200여 마리의 오크들을 도륙했을 무렵, 그제야 물러나는 오크들이었다. 하지만 용병단이 입은 피해는 엄청났다.

50명의 용병 중에서 무려 14명이 오크의 밥이 되었고 20여 명이 크고 작은 부상을 입었다. 그중에는 소드 엑스퍼트 초급인 A급 용병도 있었기에 충격이 더 컸다.

하지만 상단의 피해는 더 컸다. 100명의 짐꾼 중 무려 30여 명이 죽었고 살아남은 인원 거의 대부분이 부상을 입었다. 거기에 상단 책임자 중 한 명이 죽어버린 것이다.

"무슨 이렇게 질긴 놈들이 있어?"

오크들은 절대 그냥 물러나지 않았다. 좀 물러난다 싶을 때쯤에 갑자기 화살을 날리지를 않나 밤에 기습을 해오지를 않나.

지금껏 수많은 몬스터들을 베어온 롬멜이었지만 이토록 질기고 조직적인 몬스터들은 처음인 롬멜이었다.

그렇게 하루가 지나가려는 찰나,

쿠오오오!!!!

상단의 인원도, 용병들도 얼굴이 창백해졌다.

이 포효 소리는 숲 속의 제왕이라 알려진 오우거의 포
효 소리. 그리고 이것은 그들에게 죽음이라는 선고와 다
름없었다.

"제기랄."

하지만 롬멜은 검을 움켜쥐었다.

두려운 건 두려운 것이고 싸워야 할 때는 싸워야 하는
것이다.

쿠웅! 쿠웅!

5m에 다다르는 거대한 오우거가 느릿하게, 하지만 충
분히 공포를 주면서 다가왔다.

꿀꺽.

몇몇 용병과 짐꾼들이 저도 모르게 마른침을 삼켰다.
당장에라도 이 자리에서 도망치고 싶은 마음이 간절하지
만 함부로 무리에서 이탈하면 다른 몬스터들의 밥이 되어
버리기에 그럴 수도 없었다.

도망친 인원들은 나중에 모두 시체로 발견될 것이다,
그것도 누구인지 알아볼 수 없을 정도로 처참하게 변해서.

"쏴라!"

롬멜의 외침과 동시에 C급 이하의 용병들이 석궁을 쏘

아대기 시작했다. 하지만 마나를 사용하지 못하는 화살로
는 오우거에게 큰 타격을 줄 수 없었다.

쿠오오오!!!

따끔한 느낌에 짜증이라도 난 듯 포효하며 빠르게 내달
리는 오우거.

콰앙!

한 용병이 오우거가 휘두른 몽둥이에 맞아 피떡이 되어
나무에 부딪쳤다. 전신의 뼈가 완전히 박살 난 용병은 절
명했다.

"한스!"

그 처참한 모습에 한 용병이 울부짖었다.

"치잇!"

각오를 다진 롬멜이 높게 도약하며 검을 내리그었다.

촤아악!

소드 엑스퍼트 중급이라는 경지에 이른 용병답게 오우
거의 가슴을 베어 깊은 상처를 안겨 주었다.

"제기랄!"

하지만 공격이 성공했음에도 그는 얼굴을 찌푸렸다.

콰아앙!

"크흑!"

오러가 실린 검면을 세우자마자 오우거의 거대한 주먹이 그를 강타했다. 간신히 검으로 막았음에도 충격을 다 줄이지 못한 롬멜이 튕겨져 나갔다.

쿠오오!

사냥감한테 상처를 입은 것이 열받았는지 더욱 분노한 오우거가 몽둥이를 거세게 휘두르자 순식간에 피떡이 되어 날아가는 용병과 짐꾼들.

롬멜 역시 오우거의 주먹에 검을 든 오른팔이 부러졌기에 그의 전투력은 반 이상 감소한 상태였다.

"이것으로 끝인가⋯⋯."

대륙에서도 30위 안에 드는 용병단을 일군 그가 겨우 이런 곳에서 죽을 줄이야. 롬멜은 참담한 심정에 사정없이 얼굴을 찌푸렸다.

그때, 기적이 일어났다.

촤아아악!

붉은빛이 번뜩이는 순간, 모두가 눈을 감았다.

그리고 잠시 뒤 눈을 떴을 때, 그들은 놀라운 것을 목격했다.

쿵!

오우거의 머리가 신체와 분리되어 땅에 떨어진 것이다.

그리고 쓰러진 오우거 뒤에 20여 명 정도의 갑옷을 입은 무리를 볼 수 있었다. 그것도 인간으로 이루어진 무리를 말이다.

(3)

롬멜은 자신에게 다가오는 기사들을 보며 당황했다.

이런 오지에서 갑자기 저런 무리들이 나타나다니, 전혀 믿기지가 않았다.

그리고 그들에게서 뿜어져 나오는 엄청난 기세는 하나하나가 모두 자신보다 강하다는 것을 증명해 주고 있었다.

'전원이 다 소드 엑스퍼트 중급 이상이라니, 무슨 말도 안 되는……'

제국의 근위기사단인 황실기사단[Empire Knights], 공화국의 자유수호단[Defender of Liberty], 리안느 왕국의 금십자 기사단[Golden Cross Knights].

수많은 기사단이 난립하는 대륙에서 가장 강하다는 3개의 기사단으로, 입단 조건이 소드 엑스퍼트 상급이었고 그 인원 역시 30명 안팎이었다.

한데 그런 기사단을 만들 수 있을 정도의 전력이 롬멜의 눈앞에 있는 것이었다.

"그대들은 누구요?"

부러진 오른팔로 힘겹게 들어 올린 대검을 상대에게 겨누며 묻는 롬멜.

악마의 숲은 인간의 접근을 불허하는 곳.

그 이유를 절실히 깨달은 롬멜이었기에 더더욱 지금 나타난 무리가 수상해진 롬멜이었다.

대륙에서 함부로 사람을 믿는, 그런 어리석은 행동을 할 수는 없는 것이다. 더욱이 지금처럼 힘만이 필요한 이 시점에서는.

"검을 집어넣어 주시겠습니까? 저희는 수련자입니다."

그때, 한 젊은이가 웃으면서 롬멜에게 다가왔다.

어깨까지 오는 금발과 벽안을 가진 청년, 일행 중에서 가장 얼굴이 화사(?)한 아르젠 드 토렌이 먼저 말은 건 것이다.

약간 뒤에서 카젠트가 무표정한 얼굴로 팔짱을 낀 채 아르젠이 하는 행동을 지켜보았다.

이런 곳에서의 수완은 아르젠이 자신보다 훨씬 뛰어날 것이라 믿은 것이다.

아르젠은 친절함으로 기사들을 휘어잡았으니까.

"수련자라고?"

어이없다는 듯 아르젠을 바라보는 롬멜.

기사들이나 강한 용병들이 대륙 곳곳을 돌아다니며 검을 수련하는 경우가 있었다. 하지만 이런 곳에서 수련이라니, 죽고 싶어 환장한 일이 아닌가?

"예, 수련자입니다."

하지만 끝까지 수련자라고 주장하는 아르젠이었다.

그리고 그런 그의 말은 틀린 말이 아니라 오히려 진실에 가까운 대답이었다.

"그대가 일행의 리더인가?"

롬멜의 질문에 카젠트를 바라보는 아르젠.

그의 눈이 '이걸 대답해야 할까요?'라고 카젠트에게 묻고 있었다.

그러자 가볍게 고개를 끄덕이며 앞으로 나서는 카젠트.

"내가 일행의 리더다. 투기를 걷어줬으면 좋겠군. 짜증 나니까."

대뜸 반말로 나오는 카젠트의 언사에 얼굴을 찌푸리는 롬멜.

자신의 용병단의 막내뻘 정도 되는 이가 자신에게 반말

을 내뱉는 것이 마음에 들지 않았지만 힘의 격차가 너무나 뚜렷했기에 얼굴을 찌푸리며 검을 집어넣었다.

그리고 그런 카젠트의 행위에 식은땀을 흘리는 아르젠.

"저희는 이분을 지키기 위해서 이곳에 왔습니다."

아르젠의 말에 그제야 상황(?)을 파악한 롬멜이었다.

한 귀족가의 애송이 도련님이 주제(?)도 모르고 수련을 한답시고 악마의 숲 남부 지역에 온 것이다. 그것도 엄청난 전력을 데려와 호위한답시고.

'기사들이 아깝군. 저런 오만한 녀석 밑에서 얼마나 고생이 많을까?'

그렇게 마음속으로 중얼거리며 검을 집어넣는 롬멜.

그는 자신이 지금 죽을 뻔했다는 사실을 전혀 모르고 있었다. 카젠트는 여차하면 진짜로 롬멜의 목을 날려 버릴 생각이었던 것이다. 그의 불길하게 빛나는 회색빛 눈동자가 그 사실을 증명했다.

그리고 그런 카젠트의 기분을 읽은 아르젠이었기에 상황을 확실히 중재하려 노력한 것이고.

그렇게 용병들과의 대화가 끝나자 40대 중반으로 보이는 남성이 조심스럽게 카젠트 일행에게 다가왔다.

현재 상단을 이끌고 있는 라드온 드 가오델 남작이었다.

"저…… 혹시 기사 작위를…… 받으셨습니까?"

조심스럽게 묻는 라드온 남작.

왕실 전용 무역 상단의 일원인 제이렌 왕국의 근위기사들을 봤을 때보다 훨씬 더 강렬한 기세가 느껴지는 이들이었기에 일반인인 그로서는 두려울 만했다.

"저는 받았습니다만, 아직 다른 이들은 수련만 했기 때문에 기사 서임을 받지 못했습니다. 그리고 당분간 대륙을 돌아다니며 더욱 수련할 예정이라 언제 받을지 모르겠군요."

친절하게 웃으며 대답하는 아르젠의 모습에 용기를 얻은 라드온 남작이 다시 한 번 조심스럽게 자신의 요구를 부탁하기 시작했다.

"혹시 대륙을 돌아다니신다면 자유무역연맹으로 가시지 않겠습니까?"

이게 바로 라드온의 요구였다. 본래라면 함부로 상단과 함께 데려갈 수는 없는 노릇이다.

하지만 악마의 숲 남부 지역이 이렇게까지 험난할 줄은 그로서도 몰랐고, 더 이상 몬스터의 'ㅁ' 자만 들어도 덜덜 몸이 떨리는 상황이었다.

그리고 고용한 용병단도 그리 믿음직스럽지 않았기 때

문에 외부인인 카젠트 일행에게 호위를 부탁하는 것이었다.

원래 상단 호위가 이처럼 쉽게 이루어지는 경우도 없고 라드온 남작도 절대 사람을 쉽게 믿는 이가 아니었다.

하지만 몬스터에 대한 두려움이 강자의 보호를 요청하게 만든 것이다.

바로 이런 기회를 위해 사람이 죽는 것까지 방치한 카젠트 일행이었기에 속으로 미소 지을 수 있었다.

그들이 추구하는 것은 생존. 타인까지 신경 쓸 정도의 여유는 없었다.

"그래도 괜찮겠습니까? 저희는 외부인입니다만?"

한 번 튕겨 보는 아르젠의 태도에 입안이 바짝 말라가는 라드온 남작이었다.

"되고말고요. 수련자이기 때문에 지금으로서는 확실하게 신분을 증명할 수 있는 방법이 없을 거라고 생각됩니다."

수련자는 말 그대로 자신의 신분을 나타내서는 안 되고 오직 검으로만 생활을 해야 했다.

이건 고위 귀족들도 마찬가지라 그들도 자신의 성을 밝히는 것을 금지했고, 신분도 잠시나마 회수했다. 고위 귀족가의 장자여도 수련자일 경우에는 성을 사용할 수 없는 것이다.

기사 작위도 마찬가지로 정지. 말 그대로 완벽한 야인이 되는 것이다.

따라서 수련자들은 함부로 대륙을 돌아다니기가 힘들었다.

수련자들이 유일하게 신분을 증명할 수 있는 요소는 오직 용병 등급뿐이었다.

그렇기에 카젠트 일행의 신분 증명이 힘들 거라 생각하고 도움을 주는 라드온 남작이었다.

그리고 그가 요구하는 것은 현재 일행이 가장 절실하게 원하는 것이었다.

"저희는 제이렌 왕국의 전용 왕실 상단입니다. 따라서 자유무역연맹에서도 간단한 신분 검사와 물품 검사만으로도 빠른 통과가 가능합니다. 여러분을 상단 호위 용병이라 하면 바로 넘어갈 것입니다."

카젠트 일행이 원하는 것을 콕콕 집어 말해 주는 라드온 남작.

그에 대한 카젠트의 호감도는 한없이 상승했다.

카젠트가 고개를 끄덕이는 것을 본 아르젠 역시 웃으면

서 라드옥 남작의 요구를 수락했다.

"저희야말로 감사드립니다. 그럼 자유무역연맹까지 잘
부탁드립니다."

시작부터 일이 잘 풀렸다는 사실에 매우 만족하는 카젠
트 일행이었다.

(4)

화려하게 장식되어 있는 방 안.

수많은 예술품들이 방을 뒤덮고 있었다. 그리고 그런
방 안의 중앙에 놓여 있는 책상. 진한 적발을 가진 미청년
앞에 이제 40대 중반 정도 됐을 법한 남성이 한쪽 무릎을
굽히고 고개를 숙인 채 앉아 있었다.

"그래, 악마의 숲을 지난다고? 꽤나 머리 썼군, 상인
놈들."

미청년이 미소 지으며 말하자 중년인이 살짝 몸을 떤
다.

미청년의 붉은 눈동자가 불길한 빛을 내뿜고 있었다.

"그래서 대응은 어떻게 했나? 지금쯤 악마의 숲에 있으
니 기간트는 없을 것이고. 그래도 그들은 꽤 강할 텐데?"

미청년이 말은 그렇게 했지만 용병왕 이하의 용병들 따위는 그의 말 한마디면 단번에 없앨 수 있는 힘을 가지고 있었다.

그에게 있어 용병들은 벌레나 다름없는 것이다.

"그림자 5개 분대를 보냈습니다."

중년인의 말에 눈썹이 꿈틀거리는 청년.

"5개라…… 꽤 과한 전력 아닌가?"

"상대는 그들만이 아니라 몬스터도 있으니까요. 그들이 있는 곳은 악마의 숲 남부입니다."

중년인이 단호하게 말하자 고개를 끄덕이는 미청년.

"좋아. 이미 너의 관할하에 있으니 더는 간섭하지 않으마. 하지만 명심하도록. '그것' 은 꼭 가져와야 한다는 것을."

"명심하겠습니다, 공작 전하."

중년인이 말을 마치고 방 안에서 나갔다.

촤아악!

붉은빛이 번뜩이는 것과 동시에 트롤 1마리의 목이 그들의 신체와 분리되어 날아갔다.

쿠오오오!

또 다른 트롤이 동료의 죽음에 분노해 몽둥이를 휘둘렀다.

하지만 검의 주인인 아르젠은 웃으면서 가볍게 트롤의 공격을 회피했다.

그리고 단숨에 도약하여 트롤의 오른팔을 베어 갈랐다.

쿠오오!!

고통에 울부짖는 트롤.

"잘 가라."

아르젠의 말과 동시에 그의 검이 트롤의 목을 베어 버렸다.

그러고는 트롤의 피가 쏟아지지 않게 오러로 목 주변을 태워 버렸다.

그의 오러가 불의 속성을 가지고 있기 때문에 가능한 기예.

"몬스터의 숫자가 많이 줄었군요. 이제 며칠 뒤면 완전히 숲에서 벗어날 거 같군요."

아르젠이 웃으며 롬멜에게 말을 건넸다.

그런 아르젠을 멍한 표정으로 바라보는 롬멜.

아르젠의 실력은 그의 실력을 훨씬 초월했다. 엑스퍼트 최상급으로 짐작되는 경지인 것이다.

"뭐? 아, 그런 것 같군. 확실히 숲 속에서 느껴지는 기분 나쁜 느낌이 많이 사라지긴 했군."

고개를 끄덕이며 아르젠의 말에 동조하는 롬멜.

롬멜은 카젠트 일행을 바라보며 완전히 할 말을 잃었다.

숲을 빠져나올 때까지 그야말로 몬스터의 대군이 그들을 공격해 왔다 해도 과언이 아니었다.

하지만 카젠트 일행은 몇 명이 경미한 부상을 입었을 뿐, 말 그대로 모든 몬스터들을 몰살시켰다. 그들이 죽인 몬스터가 하도 많아 이제 그들 주위로 몬스터들이 잘 나오지 않을 정도였다.

방금 잡은 트롤 역시 도망가는 것을 아르젠이 달려들어 잡은 것이었다.

물론 그동안 상단의 피해는 전무했다.

그리고 잡은 몬스터의 사체들은 모두 카젠트 일행의 것이었다.

지금도 아르젠이 잡은 트롤의 피를 채취하기 위해 병을 들고 달려가는 카젠트의 기사들이었다.

그리고 그런 상단을 바라보는 수십 명의 검은 그림자들.

'저런 실력자가 있다는 말은 듣지 못했는데.'

그림자들을 이끄는, 1호라 불리는 복면인이 얼굴을 찌푸렸다.

가장 강한 자가 소드 엑스퍼트 중급이라 들었는데 방금 트롤을 쓰러뜨리는 활약을 펼친 저 남자는 그런 경지를 훨씬 능가하는 검술 실력을 가지고 있었다.

"대장, 그래 봤자 한 명입니다. 저희는 무려 30명이구요. 그리고 우리 부대에는 아직 120명이 더 대기하고 있습니다. 그런 우리가 저들에게 두려움을 느껴 임무에 실패하면 우리에게 돌아오는 건 죽음밖에 없습니다."

부대장인 2호의 말이었다.

확실히 옳은 말이었다. 그들이 실패해도 죽겠지만 임무를 제대로 완수하지 못해도 죽는 것은 마찬가지니 말이다.

"작전을 시작한다."

1호의 말에 30명이나 되는 그림자가 동시에 상단을 향해 단검을 투척했다.

하나하나가 일격 필살의 공격들로, 그들의 수준이 얼마나 높은지 알려주고 있었다.

쉬에엑!

"크아악!"

갑작스러운 단검 공격에 몇몇 용병이 비명을 지르며 쓰러졌다.

"적이다!"

외침과 함께 용병들과 카젠트 일행들도 검을 뽑았다. 다른 민간인들은 겁에 질려 자신의 몸을 숨겼다.

"갑자기 무슨 일이란 말인가!"

라드온 남작이 얼굴을 찌푸리며 말했다.

그때, 모습을 드러내며 쇄도하는 30명의 어쌔신.

"어떻게 이런 곳에서 인간이……!"

롬멜 역시 얼굴을 찌푸리며 검을 뽑아 어쌔신들에게 달려든다.

'설마 우리가 뭘 가지고 가는지 안단 말인가.'

롬멜이 얼굴을 찌푸리며 마음속의 불안을 다스리기 시작했다.

표면적으로 그들이 가지고 가는 것은 소금이었다. 바다를 끼고 있는 동부 대륙의 또 다른 나라인 미란에서 채취하는 소금을 제이렌 왕국이 사서 자유무역연맹에 건네주는 것이 표면적인 상행이었다. 하지만 저런 실력을 가진 자들이 겨우 소금이나 가져가려고 일행을 공격할 리는 없었다.

"일이 재미있게 돌아가는군. 뭔가 중요한 물건을 가지고 있다는 건가?"

카젠트가 웃으면서 라드온 남작을 바라봤다.

이미 그는 그의 공안을 통해 저들의 존재를 이미 인지하고 있었던 것이다.

"그건 나중에 따져도 되는 일이고, 일단 주제도 모르고 까부는 네놈들의 존재부터 지워주면 되겠지."

불길하게 빛나는 카젠트의 눈동자.

하지만 그의 얼굴에는 귀찮음이 역력했다.

"주제도 모르고 우리를 사냥하려는 이들이다. 하지만 우리야말로 그런 이들을 사냥하는 사냥꾼이라는 것을 보여 준다. 다치거나 죽는 놈들은 절대 용서하지 않을 것이다. 가라. 그리고 아르젠은 상단을 지키도록."

카젠트의 명령과 동시에 검을 뽑고 달려드는 기사들이었다.

아르젠 역시 자신의 검을 뽑고 라드온 남작을 향해 다가갔다.

기사들에게 명령을 내린 카젠트는 돌 하나를 주워 들었다.

"너희들 따위에게 검을 쓰는 건 힘 낭비다."

쉬에엑!

엄청난 속도로 쇄도하는 돌멩이.

그런 돌멩이가 2호라 불리는 이의 머리를 강타하는 순간, 머리가 그대로 박살 났다.

털썩.

갑작스럽게 머리를 잃은 2호의 몸이 쓰러졌다.

"자아, 다시 한 번 명하겠다! 주제도 모르는 이들을 마음껏 사냥하도록!"

카젠트의 포효가 산을 뒤덮었다.

미켈란과 에스톤이 웃으면서 어쌔신들을 바라봤다.

쉬에엑!

소리없이 다가와 단검을 내리긋는 어쌔신.

하지만 에스톤이 왼팔의 방패로 검을 튕겨 낸 다음 단숨에 검을 내리그었다.

그의 검에 실린 짙은 초록색 오러가 단검과 함께 어쌔신을 베어 갈랐다.

"별것 아니군요."

에스톤이 웃으면서 미켈란에게 말했다.

그때,

촤아악!

에스톤의 등 뒤에서 붉은 피분수가 치솟았다.

어느새 다가온 어쌔신의 목을 관통한 미켈란의 대검.

"하지만 방심은 더 나쁘지."

웃으면서 말하는 미켈란을 보며 얼굴을 찌푸리는 에스톤.

"한 번 빚졌지만 다음에 갚아드리죠."

그렇게 말하고 앞으로 내딛는 에스톤.

한 번의 방심으로 위험한 상황에 처한 것이 수치스럽다는 듯 그의 검은 매섭게 어쌔신들을 도륙하기 시작했다.

어쌔신들 중에서 그의 검을 몇 합 이상 주고받을 수 있을 정도의 실력자는 없었다.

쉬에엑!

간간이 단검을 날리며 저항하는 어쌔신도 있었지만 에스톤은 방패로 모든 투척 공격을 튕겨 냈다.

한편, 라드온 남작을 지키는 아르젠을 향해 1호를 비롯한 어쌔신 5명이 빠른 속도로 쇄도해 들어왔다. 아니, 엄밀히 말하면 라드온 남작을 향해서였지만.

"뭘 가지고 계시는지는 모르겠지만 나중에 이 노동에 대한 대가는 제대로 받겠습니다."

라드온 남작을 바라보며 빙긋 미소 지은 아르젠이 검을

들고 앞으로 나아갔다.

저런 놈들 따위는 백 명씩 달려들어도 그의 목숨을 위협하지 못한다는 자신감이었다.

왜냐하면 반쪽짜리긴 해도 그는 당당한 '소드 마스터'니까.

검 전체를 뒤덮는 붉은 오러.

수십 줄기의 오러가 얽히고 얽혀 이루어진 오러는 그의 경지가 이미 소드 엑스퍼트 최상급 이상의 경지임을 가르쳐 주어 어쌔신들로서는 마음이 편치 않았다.

파앗!

3호, 4호가 먼저 아르젠을 향해 달려들었다.

그들의 단검에도 검은 오러가 실려 있었다.

어쌔신들만을 위한 전용 오러임이 분명했다.

"하지만 그래 봤자 헛수고니 안타깝군요"

아르젠이 단숨에 검을 내리긋자 3호의 오러가 맺힌 단검이 베어지며 3호의 몸이 양단됐다.

아르젠은 몸을 돌려 이번엔 4호를 향해 검을 밑에서 위로 올려 그었다. 사타구니부터 가슴까지 갈라진 4호 역시 힘없이 쓰러져 버렸다.

쉬에엑!

그 순간, 1호와 5호가 품속에 있는 모든 단검을 쏘아보냈다. 근접전으로 싸우기에는 너무나도 두려운 능력을 보여 준 아르젠이었다.

하지만 아르젠은 자신에게 향해 쏟아지는 20개 정도의 단검을 바라보며 미소 짓더니 빠른 속도로 검을 그 자리에서 휘둘렀다.

1초에 108번씩 휘둘러지는 검격으로, 허공에 붉은 막이 생성되며 모든 단검을 튕겨 냈다.

"제기랄!"

상대의 말도 안 되는 무지막지한 강함에 어쌔신의 감정 조절도 잊은 채 5호가 외쳤다.

그렇게 5호가 외치는 순간, 아르젠의 신형이 순식간에 5호 앞에 나타났다.

"방심은 곤란하지."

싱긋 웃는 아르젠이 단숨에 5호의 목을 베어 갈랐다.

붉은 피분수와 함께 5호의 목이 날아가고 육신은 그대로 땅에 쓰러졌다.

5호를 공격하며 생긴 빈틈을 향해 달려드는 1호.

그의 검에도 역시 짙은 묵빛 오러가 형성되어 있었다.

그때,

쉬에엑!

한 줄기 빛이 그대로 1호의 머리를 강타했다.

퍼억!

그대로 박살 나는 1호의 얼굴.

동시에 그의 몸을 가르는 아르젠의 검격.

"이런. 제가 잡을 수 있었습니다."

나지막하게 카젠트를 보며 항변하는 아르젠.

그런 아르젠을 바라보며 미소 짓는 카젠트.

"먼저 잡는 사람이 임자다. 그리고 걱정 말도록. 아직 적은 많이 쌓여 있으니 말이야."

카젠트가 싱긋 웃으며 말한다.

그런 카젠트의 말을 증명이라도 하듯 대기하고 있던 그림자 제2, 3분대 전원, 즉 60명의 어쌔신들이 일제히 달려들었다.

카젠트 일행의 무지막지한 강함에 단숨에 절반을 투입하기로 결정한 것이다.

이미 어쌔신들은 자신의 목숨에 신경 쓰지 않았다. 그저 저들의 체력을 소모시켜 마지막 남은 분대가 임무에 성공하도록 자신의 목숨을 희생하는 것이었다.

"나는 저런 게 좋단 말이지. 임무를 수행하기 위한 저런 마음가짐은 참 좋은 거라고 봐. 하지만 동시에 주제를 모르는 것들을 보면 짜증이 나기도 한단 말이지."

마치 중얼거림과도 같은 카젠트의 말이었지만 일행들은 모두 다 들을 수 있었다.

쿠오오오!

주제도 모른 채 달려드는 어쌔신들에 대한 기사들 개개인의 분노가 하나가 되어 거대한 기세를 형성했다.

'도대체 이들은 누구란 말인가!'

롬멜은 경악한 채 속으로 절규했다.

수없이 많은 임무 중에서 수많은 강자를 보았다.

카젠트 및 카젠트의 수하들은 여태까지 그가 봐 왔던 그런 강자들로만 이루어져 있었다.

세계 최강이라 불리는 3개의 기사단 외에 이런 전력을 갖춘 곳은 단 하나.

자유무역연맹의 용병왕 휘하의 친위대뿐이었다.

A급의 용병 30명으로 이루어진 용병왕 친위대 역시 이런 괴력을 발휘했다.

"생각은 나중에 하죠, 대장!"

롬멜 용병단의 부단장인 제이크가 눈을 찡긋하며 외쳤다. 그들은 지금 어쌔신들을 상대하고 있는 것이다. 그렇기에 롬멜은 잠시 생각을 접기로 했다.

(5)

촤아악!

60명의 어쌔신이 양손에 3개씩 들고 단검을 던졌다.

도합 360개의 단검이 상단 일행, 용병들, 그리고 카젠트의 수하들에게 쏟아졌다.

"다치거나 죽으면 가만두지 않는다."

카젠트의 나지막한 음성에 기사들이 모든 집중력을 발휘하여 단검을 튕겨 냈다. 개중에는 아르젠이 선보인 것과 같은 방어를 하는 기사들도 종종 있었다.

"크아아악!"

하지만 아직 미숙한 용병들도, 상단 마차에 숨은 짐꾼들도 완전히 피하지는 못한 듯 단검에 꽂혀 이승을 하직하고 만다.

"제대로 나오는군. 이번에는 독도 묻어 있다는 건가?"

카젠트가 얼굴을 찌푸리며 검을 뽑아 들었다. 치명적인 독을 사용하는 이들을 상대로는 조금만 다쳐도 바로 중상이었다.

마탑에서 수많은 수련을 하며 어지간한 독에 내성이 생긴 기사들이었지만 그럼에도 독은 방심할 수 없었다. 그리고 용병들이나 상단 짐꾼들로서는 스쳐도 곧 죽음인 것이다.

"너는 쓸 필요 없다. 아직 알려주긴 좀 그러니까."

카젠트가 아르젠을 바라보며 말했다.

굳이 다른 이들에게 소드 마스터라는 사실을 알릴 필요는 없었다. 단지 나이가 어리다고 무시받지 않을 정도로, 그리고 자신이 이들 모두를 지휘할 수 있는 실력을 증명만 하면 되는 것이다.

하지만 카젠트는 그럴 필요 없었다. 애초에 그의 오러를 볼 수 있는 존재는 여기에 없었다.

몇몇 기감이 뛰어난 사람들은 느낄 수도 있겠지만, 여기서 자신의 오러를 제대로 파악할 수 있는 사람은 아르젠뿐이었다.

"후우."

카젠트가 숨을 한차례 내쉬더니 단숨에 검을 내리그었다. 그리고 거기에서 쇄도하는 거대한 힘.

콰콰쾅!

순식간에 수십 그루의 나무들이 베어지며 쓰러져 내렸

다. 순식간에 20여 명의 어쌔신들이 나무에 깔려 사망했다.

7m나 되는 기간트들보다 2배는 더 큰 나무들이었다.

그 무게를 한낱 인간이 견딜 수 있을 리 만무했다.

쉬에엑!

카젠트가 검을 휘두를 때마다 5명 이상의 어쌔신들이 몸에서 피분수를 뿜어내며 양단됐다.

이것이 바로 소드 마스터의 또 다른 비기, 허공을 뛰어넘어 검격을 날리는 오러 블레스트(Aura Blast)였다.

카젠트를 향해 달려드는 5명의 어쌔신이 전후좌우, 그리고 위쪽을 점해왔다. 어쌔신들 중에서도 상위에 속하는 그들 5명은 어렸을 때부터 독을 꾸준히 소량 섭취해 그들의 검에 실린 오러에는 맹독이 담겨져 있었다.

그런 어쌔신들이 동시에 검격을 휘둘렀다. 하지만 카젠트는 그런 어쌔신들을 바라보며 웃었다.

쉬엑.

왼발을 축으로 한 바퀴 돌며 검을 휘두르는 카젠트.

"크아악!!"

무색의 오러 블레이드에 순식간에 몸이 양된되는 4명의 어쌔신.

카젠트는 멈추지 않고 위에서 날아드는 어쌔신의 턱을 검자루로 후려쳤다.

　"커헉!"

　피를 뿜으며 튕겨져 나가는 어쌔신을 향해 검을 역수로 쥐고는 심장을 내려찍었다.

　콰드득!

　"자, 다음에 올 사람?"

　카젠트가 웃으면서 어쌔신들을 바라보았다.

　쉬에엑!

　하지만 이미 두려움을 초월한 어쌔신들은 독이 묻은 단검을 투척하고는 카젠트를 향해 달려들었다.

　촤아악!

　그때, 3명의 기사가 난입하여 카젠트를 향해 달려드는 어쌔신들의 몸과 목을 베어 갈랐다.

　에스톤, 미켈란, 카일이었다.

　그들은 카젠트 주위를 둘러쌓는가 싶더니 빠른 속도로 쇄도해 어쌔신들을 도륙하기 시작했다.

　독에 어느 정도 내성이 있는 그들이었기에 맹독이 담긴 오러도 두려워하지 않고 검을 내리그었다.

　"쓸데없는 짓을 하는군."

얼굴을 찌푸리며 말했지만 어느새 카젠트는 다른 적을 바라보며 달려들고 있었다.

이젠 제4, 5분대의 어쌔신들 모두가 카젠트와 상단쪽을 향해 달려든 상태였다.

카젠트는 자신을 향해 달려드는 3명의 어쌔신을 향해 검을 휘둘렀다.

촤아악!

어느 정도 거리가 떨어져 있었음에도 그대로 목이 분리되어 쓰러지는 어쌔신들.

"도대체 무엇을 운반하기에!"

단순한 소금이 아니라는 것은 롬멜 역시 알고 있었다. 그렇다면 괜히 악마의 숲을 지날 필요는 없었으니까 말이다. 그렇지만 그는 자신의 용병단이 가진 힘을 믿었다.

하지만 지금 공격해 오는 자들의 모습으로 미루어 보았을 때, 그들이 얼마나 중요하고 가치 있는 물건을 운송하고 있었는지를 깨달을 수 있었다.

"하앗!"

롬멜의 거검이 휘둘러지자 힘에서 밀린 어쌔신이 뒤로 밀려났다. 이어 롬멜이 거검을 내지르자 어쌔신의 목에 꽂혔고, 다시 그대로 거검을 휘두르자 어쌔신의 목이 뜯겨져 나갔다.

그때, 그의 등 뒤에서 쇄도하는 한 명의 어쌔신.

"이런!"

아직 거검이 죽은 어쌔신의 시체에서 제대로 빠져나오
지 못한 상황이었다.

어쌔신의 공격이 그의 가슴에 닿으려는 찰나,

콰드득!

누군가가 날아들어 어쌔신의 가슴을 걷어차고 튕겨져
나간 어쌔신의 가슴을 내려찍어 절명시켰다.

카젠트의 기사 중 한 명인 가르딘이었다.

하지만 롬멜은 자신을 구해준 가르딘을 제대로 볼 수
없었다. 그의 눈에는 아르젠의 신들린 듯한 무위가 들어
올 뿐이었다.

아르젠은 라드온 남작을 향해 쏟아지는 모든 공격을 튕
겨 냈다. 하지만 그럼에도 쇄도하는 7명의 어쌔신.

"지칠 줄 모르는 분들이군요."

차갑게 미소 짓는 아르젠이 숨을 한 번 들이마시고는
검을 내질렀다. 그러자 한 다발의 붉은빛이 7명의 어쌔신
들을 뒤덮었다.

"크아악!!"

순식간에 온몸이 꿰뚫린 7명의 어쌔신이 그대로 튕겨져 나갔다. 아르젠은 달려들던 어쌔신들을 모두 쓰러뜨리고 몸을 틀어 다시 뒤에서 쇄도하는 어쌔신의 목을 꿰뚫었다.

가히 경지에 오른 쾌검이었다.

어쌔신들이나 롬멜이 본 것은 그저 붉은빛뿐이었다. 아르젠의 검이 어떻게 움직였는지 그들은 전혀 인식하지 못했다.

"호오?"

제3분대의 1호가 아르젠을 향해 달려들었다. 생사를 도외시한 채 내지르는 일격은 분명 엄청 빨랐다. 그 속도에 아르젠 역시 감탄하며 검을 내질렀다.

콰드득!

분명 먼저 뻗은 것은 1호의 검이었지만 먼저 닿은 것은 아르젠의 검이었다.

순식간에 목을 꿰뚫린 1호가 힘없이 쓰러졌다.

"괜찮은 공격이었습니다. 하지만 제 앞에서 쾌검을 논한 게 잘못이라면 잘못이군요. 그나저나 정말 끈질기군요."

베어도 베어도 끝없이 달려드는 어쌔신들을 바라보며 얼굴을 찌푸리는 아르젠이 다시 라드온 남작을 향해 다가오는 어쌔신들을 바라보며 검을 휘둘렀다.

라드온 남작만큼은 꼭 살아남아야 이 일의 전말을 알수 있는 것이다. 그리고 그들이 무엇을 수송하는지도 알수 있는 것이고.

그렇게 30분이 지났을 때, 마지막 남은 어쌔신을 카젠트가 베어 갈랐다.

기사들이나 용병들 모두 온몸이 피로 범벅이 되어 있었고, 악마의 숲은 완전히 피와 시체들로 물들여져 있었다.

당분간 몬스터들은 포식할 것이다. 먹기 쉽게(?) 제대로 토막까지 난 상태였으니 말이다.

체내에 쌓인 독 때문에 고생은 하겠지만 이미 피가 빠져나가 독의 효과도 많이 줄어든 상태였다. 특이한 점은 몇몇 시신은 독을 견디지 못하고 녹아 버렸다는 것이다.

용병들의 피해는 엄청났다.

이제 남은 용병 수는 20명을 넘지 못했다. 조금이라도 상처가 난 용병들은 독을 해독하지 못해 그대로 죽고 말았다. 그나마 살아남은 용병들도 카젠트가 넘겨준 트롤의 피가 아니었으면 죽음을 면치 못했을 것이다.

원래는 신성력을 투입해 마나 포션을 만들어야 하지만 지금 이들에게는 그런 것을 가릴 형편이 되지 못했다.

"정말 감사합니다. 뭐라 말씀을 드려야 할지."

선뜻 귀한 트롤의 피를 건네준 카젠트를 향해 감사의 인사를 전하는 롬멜.

"신경 쓸 것 없다. 필요에 의해서 그런 것뿐이니까. 죽은 용병들의 패를 따로 모아서 우리에게 주도록. 신분을 증명할 수 있는 수단이 하나 정도는 있어야 하니까. 이럴 때 도움이 되는군."

카젠트의 말에 화낼 법도 하지만 롬멜은 화내지 않았다. 화를 내기에는 지독할 정도로 달려든 어쌔신들 때문에 그의 기력이 너무 많이 소모되어 있었다.

그리고 애초에 그와 같은 용병은 동료들의 죽음을 슬퍼할지언정 자신의 모든 것을 쏟아부을 정도로 신경 쓰지는 않았다.

죽어간 용병들 생각에 계속 얽매인다면 그것은 용병으로서의 자격이 없는 것과 마찬가지이다.

수없이 많은 임무를 겪어오면서 이미 롬멜은 감정이 메말랐기 때문에 카젠트의 말에도 별반 화를 내지 않았던 것이다.

하지만 살아남은 다른 용병들은 상황이 달랐는지 카젠트의 말에 얼굴을 붉혔지만 카젠트의 압도적인 무위에 눌

려 뭐라 말하지 못하고 죽은 동료들의 품에서 용병패를
꺼내 카젠트 일행에게 주었다.

어차피 용병패에는 외모에 대한 언급이 없었기 때문에
그저 들고만 있어도 신분 증명이 쉽게 될 수 있었다.

물론 길드 본부에는 얼굴을 등록했겠지만 말이다. 하지
만 관문에는 그런 마법적인 처리가 되어 있지 않아 큰 의
미가 없기도 했다.

"그나저나 너는 해야 할 말이 있을 것 같군, 라드온 남
작."

카젠트의 회색의 눈동자가 번뜩이며 라드온 남작을 향
했다.

전신을 휘감는 불길한 기운에 몸을 떠는 라드온 남작.

소드 마스터의 기운과 카젠트가 원래 가지고 있던 기세
를 그와 같은 일반인이 견딜 수 있을 리 없었다.

"사실은……."

(6)

라드온 남작이 품속에서 작은 주머니를 꺼냈다. 그리고
주머니를 열어 손을 집어넣더니 3개의 손바닥만 한 돌을

꺼냈다.

흠칫!

돌에서 느껴지는 엄청난 힘에 롬멜 일행이나 카젠트 일행 모두 놀랐다. 그 정도로 저 3개의 돌에서 느껴지는 마나는 엄청났다.

주머니에는 마나가 새는 것이 막기 위해 무수한 마법진이 새겨져 있었다.

"최상급 마나 스톤입니다."

마나 스톤.

현재 대륙 문명의 근원이라 해도 과언이 아닌, 가장 가치있는 자원.

기간트뿐만 아니라 그밖의 모든 마도 공학의 핵심이 되는 것이 바로 마나 스톤이다.

마도 공학이 제대로 활성화된 이후부터 각국은 이 마나 스톤을 차지하기 위해 혈안이 되었고, 마나 스톤 광산을 찾아내는 자는 평생 동안 국가에서 먹고 살 수 있게 도움을 주었다.

이것은 30년 전, 대륙의 유일무이한 7서클 대마법사 엘라킨 드 나프탄의 인공 마나 스톤 제조법이 대륙에 퍼진 뒤에도 여전했다.

보석에 3서클 이상의 마법사가 마나를 불어넣어 인공적으로 마나 스톤을 만들 수 있게 됨으로써 마도 공학의 발전을 위한 새로운 계기를 얻고 더욱 발전하게 되었다.

하지만 안 그래도 수가 그리 많지 않은 마법사들을 계속 그런 식으로만 운용할 수는 없는 일이었고, 천연 마나 스톤은 여전히 엄청난 가치를 가지고 있었다.

그중에서도 가장 가치 있는 것은 당연히 최상급 마나 스톤인 것이다.

현재 인류는 상급 마나 스톤까지 인공적으로 만들 수 있다. 상급 마나 스톤을 기간트의 마나 드라이브로 만들면 출력은 무려 1.9~2.0이 되었다.

하지만 6서클 마법사가 무려 3명이 마나를 불어넣어야 하기에 인공적인 상급 마나 스톤은 찾아보기 힘들었다. 그리고 최상급 마나 스톤은 아예 제조가 불가능했다.

그런 최상급 마나 스톤으로 기간트를 만들면 마의 벽이라 알려진 2.0을 돌파하는 출력을 낼 수 있는 기회를 만들 수 있는 것이다. 그것도 대륙에서도 한 손으로 꼽는 그런 기간트를.

"어떻게…… 최상급 마나 스톤을……."

롬멜이 당황한 표정으로 라드온 남작을 바라보며 물

었다.

그런 롬멜을 향해 씁쓸한 미소를 짓는 라드온 남작.

"왕국 내부에서 고대 유적이 있는 던전을 발견했다네. 기간트와 관련된 것은 없었지만, 이 3개의 최상급 마나 스톤이 있더군. 하지만 기간트 제조법도 없는 우리에게 이런 것은 별 의미가 없다네."

동부 대륙의 모든 국가들은 타국으로부터 기간트를 전량 수입해서 전력을 유지하는 형편인 것이다. 그리고 타 대륙과 달리 아직 봉건적인 잔재가 너무 많이 남아 있어 마도 공학의 발전도 매우 느린 상태였기에 이런 최상급 마나 스톤은 가져 봐야 별로 도움이 되지 않았다.

"그래서 타이렌 합중국에 팔기로 했지."

동부 대륙의 5개 왕국이 연합을 한 상태이기는 했지만 선호하는 경향은 좀 달랐다. 크로아를 비롯한 3개의 왕국은 제레미아 제국을, 제이렌을 비롯한 2개의 왕국은 타이렌 합중국을 선택해서 친하게 지냈다.

"그렇다면 저들은 합중국의 전력이 강화되지 않길 바라는 세력이라는 거군요."

갑작스럽게 들려오는 아르젠의 목소리에 롬멜과 라드온 남작이 모두 아르젠을 바라봤다. 그러자 아르젠이 싱긋 미소 지으며 말을 이었다.

하지만 퉁명스럽게 대답하는 롬멜.

"그 정도는 누구나 다 생각할 수 있는 범위요."

하지만 롬멜의 핀잔에도 아르젠은 웃었다.

"그럼 답은 말할 필요도 없이 적이 제국이라는 것도 이
미 아시겠군요."

아르젠의 말에 롬멜이 눈썹을 찌푸렸다.

너무나 갑작스럽게 결론을 내리는 아르젠의 모습이 마
음에 안 든 것이다.

하지만 아르젠이 그런 그의 기분을 맞춰 줄 이유는 없
었다.

"중부연합왕국은 공화국이나 제국을 상대로 영토를 지
켜내는 것밖엔 할 줄 모릅니다. 그리고 그들은 이미 대륙
에서도 가장 질 좋은 마나 스톤 광산을 가지고 있으니 굳
이 습격을 할 필요가 없지요. 하지만 땅은 넓지만 경제성
있는 자원이 그리 많지 않은 제국이라면 충분히 그걸 노
릴 만하죠."

아르젠의 말에 카젠트가 고개를 끄덕였다.

"라드온 남작, 이렇게 되면 이야기가 달라지지. 안 그
런가?"

카젠트가 싱긋 웃으며 라드온 남작을 바라봤다.

이미 숨진 용병들의 패를 챙겨 관문을 통과할 수 있는 권리를 확보해 자력으로 자유무역연맹에 갈 수 있게 되었다.

그러니 이런 상태에서 굳이 라드온 남작을 지킬 필요는 없었다.

"무, 무슨 말씀을······?"

갑작스러운 카젠트의 말에 당황하는 라드온 남작이 황급히 물었다. 그러자 카젠트의 미소가 더욱 진해졌다.

"당연한 것 아닌가? 아르젠의 말에 따르면 상대는 대륙 2강(强)이면서 나아가 대륙 최강인 제레미아 제국이다. 그런 무지막지한 상대로부터 그대를 지켜주고 있는데 겨우 신분 보증만으로 비용을 치르기에는 대가가 너무 적지. 안 그런가?"

"그, 그렇습니다."

아무리 라드온 남작이라도 그것만은 부정할 수 없었다.

제국이 괜히 제국이 아닌 것이다. 합중국의 탄생에 따라 제국은 전면적인 개혁을 펼쳐 귀족들의 모든 영지를 회수해서 황제가 모든 것을 지배하게 만들었다.

그리고 귀족과 평민의 차이를 줄이기 위해 귀족들의 작

위 세습을 금지하고 관료제를 통해 효율적인 시스템을 구축했다.

그렇게 해서 제레미아 제국은 긴 역사의 흐름 속에서 사상 최강의 국력을 만든 것이다. 그런 제국을 상대로 겨우 21명이 달려 나가 부딪치라고 하면 그건 억지 중의 억지이다.

뭐, 그리고 자신보다 훨씬 어린 카젠트에게 이상할 정도로 위압받고 있는 것 역시 사실이지만.

"당사자가 인정하니 마음이 편하군. 그럼 얘기가 쉬워지지. 호위 대가로 뭘 주겠는가? 우리는 기간트만 나오지 않는다면 어지간한 적들로부터 당신을 지켜줄 수 있지. 그것도 아니라면……."

카젠트의 미소가 더욱 진해지며 그의 회색 눈동자가 불길하게 번뜩였다.

그리고 그의 전신에서 퍼져 나오는 짙은 살기.

여차하면 수하들을 제외한 모든 이들을 베어 버리고 최상급 마나석을 강탈한 뒤 자유무역연맹에 있는 3대마탑과 거래할 생각이었다.

그런 카젠트의 생각을 읽었는지 아르젠은 가만히 서서 카젠트의 말을 들으며 라드온 남작을 바라보았다.

카젠트가 신호를 보내면 이대로 모든 이들을 베어 버릴 생각인 것이었다.

그리고 카젠트가 대놓고 살기를 뿜어 대니 롬멜과 라드온 남작의 표정도 창백해지기 시작했다. 카젠트 일행의 강함을 누구보다 잘 알고 있는 그들이었다.

무려 25명이나 되는 맹독의 오러를 사용할 줄 아는 어쌔신과 오러는 사용하지 못하지만 그에 필적하는 어쌔신 125명을 베어 넘긴 것이다. 겨우 21명의 인원만으로 말이다.

"최상급 마나스톤 하나를 내놓겠습니다. 사실 합중국에는 얻은 그대로 2개를 팔기로 결정했습니다. 혹시나 해서 2개를 찾았다고 말한 게 도움이 될 줄이야."

라드온 남작이 포기한 듯 자조 어린 목소리로 말했다.

그에게도 살고 싶어 하는 욕망은 있었던 것이다.

"흠, 그래도 우리가 부족하다는 느낌은 들지만, 그걸로 만족해 주지. 카일."

카젠트의 부름에 카일이 다가와 라드온 남작에게 최상급 마나석 하나를 얻어 마법 주머니에 넣었다.

'임무 하나하나 처리하면서 어느 세월에 기간트를 구입하고 세력을 키울까. 그냥 거래 한 방이면 최고인데 말

이지.'

이게 바로 카젠트의 속마음이었다.

그렇게 일행은 어색해진 분위기 속에서 드디어 악마의
숲을 통과했다.

11장

세상으로

(1)

"전멸이라고?"

적발을 가진 미청년은 의외의 결과에 놀랐는지 어이없다는 표정으로 무릎을 꿇은 중년인을 바라봤다.

중년인 역시 당황한 얼굴이었다.

그림자는 한 부대에 30명이 배치되어 있다. 그들 모두 투척술이 뛰어나고 움직임 역시 민첩하다.

그리고 그들 중 상위 5명은 맹독의 오러를 형성할 수 있었다. 그런 부대가 총 5개, 150명이나 되는 인원이 투입되었는데도 임무에 실패한 것이다.

"저 역시…… 믿을 수 없지만 전멸당한 것은 사실입니다."

"그림자들의 수련을 헛되이 했는가, 란스?"

미청년이 자리에서 일어나 무릎을 꿇고 있는 란스라 불린 중년인에게 다가갔다.

그림자들의 수련 총책임자가 바로 란스였기 때문이다.

그림자 한 명, 한 명을 만드는 데 드는 비용은 천문학적이라 해도 과언이 아니었다. 재능 있는 아이들을 납치하고 거기에서 두각을 나타내는 아이들에게는 전문적인 검술까지 가르쳤던 것이다.

그런 그림자들을 순식간에 150명이나 잃은 것이다.

"뭐라 할 말이 없습니다, 전하. 제 책임입니다. 죽여주십시오."

"내가 듣고 싶은 말은 그런 것이 아니라네. 내가 알고 싶은 것은 왜 그렇게 그림자들을 투입하고도 실패했느냐는 것이다. 최상급 마나 스톤 3개라면 출력 2.0이 넘는 기간트 3기를 만들 수 있는 양이다. 가뜩이나 자원이 부족한 우리 제국에 말이지."

란스가 미청년의 말에 고개를 끄덕였다.

확실히 그들의 국가는 자원이 매우 부족했다. 이제까지

는 기본적인 땅덩어리가 넓어 괜찮았지만, 이제 거의 모든 자원들이 언제 고갈될지 알 수 없는 상태였다.

"어떻게 죽었는지는 알 수가 없습니다. 하지만 분명한 것은 압도적인 상대한테 당했다는 것입니다. 가령 군락을 이루는 몬스터들에게 말입니다."

그림자들에게는 모두 자신의 생명을 나타내는 구슬이 있었다. 그들이 죽으면 구슬도 깨지는 식이었다.

한데 그런 구슬이 거의 초 단위로 모두 깨져 버린 것이다.

경악할 일이 아닐 수 없었다.

"타이거 용병단에게 죽었을 가능성은?"

"없습니다. 절대로."

공작이라 불린 미청년의 말에 부정을 표시하는 란스.

그런 란스의 태도에 미청년은 고개를 끄덕였다.

"잘 알았다. 하지만 내 가장 훌륭한 부하 중 하나라도 처벌은 받아야겠지."

"물론입니다. 그냥 넘어가는 것은 치욕입니다."

그런 란스의 태도에 다시 한 번 고개를 끄덕이는 미청년.

"좋은 자세다."

그 말과 동시에 빛이 번쩍였다.

그리고 란스의 왼쪽 귀가 얼굴에서 떨어졌다.

하지만 란스는 고통스럽다는 반응을 전혀 보이지 않았다.

"목숨을 살려 주셔서 감사합니다, 전하."

"별말을. 너는 이 정도로 죽이기에는 아까운 인물이다. 가서 치료사들에게 치료를 받도록."

이런 일이 자주 있었는지 치료사라 불린 이들 두 명이 다가와 란스를 끌고 나갔다.

"일이 재미없게 돌아가는군. 정말로."

카젠트 일행은 드디어 자유무역연맹에 도착했다.

거의 6년 만에 다시 발을 내딛은 인간들의 세계에 감격을 표시하는 카젠트 일행.

라드온 남작의 도움으로 그들은 아무런 방해 없이 무사히 자유무역연맹에 도착할 수 있었던 것이다.

그들이 도착한 곳은 자유무역연맹 산하 도시 중 하나인 렌달 시였다.

라드온 남작이 얼마나 자주 왔던지 죽은 용병들의 패는 애당초 필요 없었다.

"그럼 무사히 원하시는 바를 이루기를 바랍니다."

라드온 백작과 롬멜 단장이 카젠트와 아르젠에게 고개를 숙여 인사를 건넸다.

끝은 좋지 못했지만 그들이 자신들의 생명의 은인이라는 것을 잊지 못할 정도로 결코 어리석은 사람도 아니었다.

"별말씀을요. 라드온 남작님이나 롬멜 단장님 역시 원하시는 바를 성취하시기를 바랍니다. 참, 용병 길드가 어디 있는지 가르쳐 주실 수 있습니까?"

"그거야 어렵지 않습니다. 이곳 렌달은 7개의 큰 길이 있는데 모두 중앙으로 연결되어 있죠. 중앙에는 큰 분수대가 있는데, 그 근처에서 바로 눈에 띄니 찾기 쉬울 것입니다."

친절히 대답해 주는 라드온 남작에게 귀찮아하는 카젠트 대신 정중하게 인사를 하는 아르젠.

그리고 카젠트가 몸을 돌리자 아르젠이나 다른 기사들도 그런 카젠트를 따랐다.

라드온 남작의 말은 틀리지 않았다.

분수대에 도착한 그들이 처음 본 것이 바로 용병 길드

본점이라는 간략하지만 크게 쓰인 간판이었으니 말이다.

웅성웅성.

그때, 카젠트와 아르젠의 귀가 무언가를 포착했다.

'더러워', '냄새나' 등과 같은 안 좋은 말이었다.

그제야 자신들의 몰골을 깨달은 카젠트와 아르젠이 얼굴을 붉혔다.

다른 기사들 역시 그 정도 청력은 되는지라 안색이 붉어지기는 마찬가지였다.

"용병 등록은 나중에 하고 일단 좀 씻죠."

아르젠의 말에 고개를 끄덕이는 카젠트.

하지만 그들은 여관에 가기에도 쉽지 않은 상태였다.

"나가! 당신들 같은 거지들에게……."

물론 여관 주인은 말을 잇지 못했다.

카젠트가 엄지손톱만 한 금을 던진 것이다.

완벽한 비율을 자랑하는 순금이었고, 상인의 감으로 그 가치를 단숨에 깨달은 여관 주인은 재빨리 허리를 숙였다.

"어떤 것을 원하십니까, 손님!"

"방 11개. 그리고 각방에 뜨거운 물을 준비하도록. 이틀 정도 머무를 것이다. 이 정도면 되겠지?"

다시 한 번 금 조각을 던지는 카젠트로 인해 입이 완전히 벌어지는 여관 주인.

이제는 카젠트를 마치 신으로 숭배할 것 같은 분위기였
다.

'돈이 최고다' 라는 것을 증명하듯 일행은 편안히 목욕
을 마칠 수 있었지만 그다음엔 입을 옷이 문제였다.

그래서 카젠트는 어쩔 수 없이 모든 기사들에게 금을
나눠 주며 제대로 된 옷을 사 입으라고 할 수밖에 없었다.
이런 도시에서 하루 종일 무거운 갑옷을 입고 생활할 수
는 없는 노릇이다.

기사들이 저마다 옷을 사러 나가고 홀로 남은 카젠트를
따르는 사람은 아르젠이 유일했다.

소중한 사람을 많이 잃은 경험으로 인해서인지 카젠트
의 성격은 꽤 난폭해진 상태다.

물론 그 자신 역시 그런 사실을 충분히 인지하고 잘 조
절하고 있는 상황이었지만, 한 번 수틀리면 큰일이 벌어
지기 때문에 일행 중에서 그를 유일하게 제어할 수 있는
아르젠이 항상 따라야만 했다.

"애도 아닌데 혼자 좀 있자."

"안 됩니다."

카젠트의 말에 단호히 거부의 태도를 취하는 아르젠.

"벌써 잊으셨습니까? 하마터면 라드온 남작도 베어 버리릴 뻔했습니다."

아르젠의 말에 고개를 끄덕이는 카젠트.

"그거야 다 너희들을 위해서였지. 상대는 명색이 제국이다. 그런 전력을 만들어 낼 수 있는 국가가 제국 말고 더 있다는 것이 오히려 웃긴 일이지. 그런 제국을 상대로 우리끼리 싸우는 것은 미친 짓이다. 차라리 라드온 남작을 베어 버리고 우리끼리 그것을 취하는 게 나았다면 나았지."

카젠트의 말을 이해할 수 있는 아르젠이었다.

그의 주군이 선택한 것은 분명히 가장 합리적이라고 할 수 있는 방법인 것이다.

"그것은 전하의 말씀이 옳습니다. 그 건에 대해서는 나중에 이야기하도록 하고 우선 옷부터 사시죠."

아르젠의 말에 피식 웃는 카젠트.

아르젠이 나서자 뒤를 따르는 카젠트였다.

(2)

옷을 사 입는 것은 매우 쉬웠다.

돈이 부족한 것도 아니고, 애초에 그들은 밑바닥에서 살아온 존재들.

다른 귀족들과 달리 혼자서 제대로 사 입을 수 있는 능력을 가졌다.

카젠트야 왕궁에서 살다 오기는 했지만 왕궁에서 산 세월은 1년도 채 되지 않을 정도로 짧았다.

그렇게 멋지게 차려입고 가게 밖을 나선 카젠트와 아르젠은 그제야 여유를 가지고 렌달 시를 돌아보았다.

렌달 시는 크로아 왕국의 수도보다 훨씬 아름답고 화려했다. 또한 사람들의 얼굴에는 모두 여유와 만족이 나타나 있었다.

"활기가 넘치는군요."

아르젠의 말에 고개를 끄덕여서 동의의 뜻을 나타내는 카젠트.

확실히 이곳은 역동적이고 활기가 넘친다고 할 수 있는 곳이었다. 오로지 귀족들만을 위한 크로아 왕국과는 차원이 달랐다.

"응?"

한편, 주변 사람들이 모두 카젠트와 아르젠을 응시하고 있었다.

카젠트는 크면서 꽤 미남형이었지만 아르젠은 이제 진짜 제대로 된 미남이라 말해도 과언이 아니었다.

그런 둘이 같이 있으니 사람들의 시선이 몰리는 것도 이상한 일은 아니었다. 물론 두 사람에게 이런 경험이 있을 리는 전무했다.

둘 모두 살짝 얼굴을 붉히더니 빠른 속도로 광장에서 벗어났다.

둘이 향하는 곳은 바로 마법 시약점이었다.

거기서 트롤 피를 팔아 현금을 버는 것이 그들의 목적 중 하나였다. 앞으로 살아가면서 계속 금 조각을 던지는 것은 불가능한 일이니 말이다.

시약점을 찾는 것 역시 어렵지 않았다.

중앙 광장에 큼지막하게 글씨가 써진 간판이 있었으니 말이다.

흥정을 맡은 것은 카젠트였다.

아무래도 이런 쪽의 경험은 그가 더 풍부하기 때문이다.

시약점은 자유무역연맹의 3대세력 중 하나인 3대마탑 휘하라서 그런지 꽤나 화려한 곳이었다.

"무엇을 사러 오셨습니까?"

손님에 대한 태도가 잘되어 있는 듯 '나는 마법사다'라는 분위기가 풍기는 로브로 온몸을 뒤덮은 청년이 꾸벅 인사를 해 왔다.

"사러 왔다기보다는 팔러 왔다는 게 맞겠군. 여기 있다."

마법 주머니에서 바로 5병의 트롤 피를 꺼내는 카젠트.

그 장면을 본 점원의 눈이 순간 휘둥그레해졌다.

그가 시약을 다룬 것만 어언 5년.

트롤의 피는 보는 것만으로도 알아차릴 수 있었다.

거기다가 손 한 뼘 정도 되는 크기의 병이 5병이라니, 보고도 믿을 수가 없었다.

재빨리 병을 들어 무게를 재어 본 마법사가 외쳤다.

"손님, 병당 50실버를 드리겠습니다!

대륙은 통화가 모두 같았다.

쿠퍼, 실버, 골드. 이렇게 3가지 순서였는데, 1,000쿠퍼가 1실버이고, 100실버가 1골드였다.

1실버가 어지간한 가정의 일주일 수입이라는 것을 생각할 때, 50실버는 분명 엄청난 금액이었다. 하지만 카젠트는 재미있다는 듯 웃으며 점원 마법사를 바라보았다.

쿠오!

마스터의 기세를 일부 드러내어 점원 마법사를 압박하기 시작했다.

그런 마스터의 기세에 휘감긴 마법사의 안색이 창백해지기 시작했지만, 마법사는 정신력이 매우 강하다고 알려진 존재들 아닌가.

청년 마법사도 정신력을 있는 대로 끌어모아 카젠트의 기세에 저항하기 시작했다.

"호오, 정말 50실버밖에 안 되는 건가?"

감탄하면서도 더욱 기세를 끌어 올려 압박을 가하는 카젠트.

그런 카젠트를 어이없다는 듯 바라보는 아르젠이었으나 그는 한숨을 쉬고 포기했다.

"병당 60실버를……."

더 이상 견디기가 힘들었는지 가격을 올리는 마법사.

하지만 이미 그는 카젠트의 흐름에 휘말리고 말았다.

이제는 아예 진짜 마스터의 기세를 끌어 올리려고 작정했는지 카젠트의 기세가 더욱더 강해졌다.

"병당 70실버입니다! 더 이상은 저도 어찌할 수 없습니다!"

결국 올바른 가격을 실토하고 마는 마법사였다.

그리고 그제야 기세를 거둬들이는 카젠트였다.

그러고는 마법 주머니를 꺼내 20병이나 되는 트롤의 피를 더 꺼냈다.

그것을 본 점원의 입이 카젠트를 삼킬 수 있을 정도로 벌어졌다.

순식간에 14골드 50실버를 벌은 카젠트와 아르젠.

당분간은 이제 돈 걱정을 할 필요가 없을 듯해서 기분이 좋아진 카젠트였다.

카젠트와 아르젠이 여관으로 돌아와 보니 다른 기사들도 한껏 멋을 낸 상태였다.

그런 기사들을 바라보더니 피식 미소를 짓는 카젠트.

"자아, 그럼 일단 그렇게 입어서 기분은 좋겠지만 우선은 벗어두라고. 어차피 나중에 또 입을 수 있으니 말이다. 우리가 먼저 해야 할 것은 용병 등록이다. 중요한 일은 해놓고 놀자고."

"전하의 명을 받듭니다!"

웃으면서 외치는 기사들이었다.

예전에 챙겨 온 죽은 용병들의 패는 오자마자 버렸기 때문에 귀찮음을 무릅쓰고 다시 발급을 받으러 가는 것이다.

그렇게 카젠트의 명을 따라 다시 갑옷을 입은 기사들. 카젠트와 아르젠 역시 갑옷으로 갈아입은 상태였다.

용병 자격증을 얻는 것은 그들에게는 쉬운 일이었다. 하지만 그렇다고 해도 이 자유무역연맹 산하에서만큼은 절대 용병을 무시해서는 안 되었다.

자유무역연맹의 3대세력 중 하나라 할 수 있는 용병왕 로크 블레미어가 존재하고 있기 때문이다.

물론 렌달 시의 길드는 지부라서 로크 블레미어를 만날 수는 없지만 말이다.

"그건 또 그것 나름대로 아쉽지만, 어떤 의미로는 잘되었군."

아직은 그런 강자를 만날 시기가 아니었다. 어지간한 왕국은 단숨에 박살 낼 수 있는 용병들과 기간트를 가지고 있는 용병왕의 눈에 띄어봤자 좋을 것은 없었다.

물론 만나서 한바탕 날뛰고 싶다는 생각 역시 충만했지만 말이다.

그리고 어차피 자신들이 용병 등록을 하면 바로 로크 블레미어에게 보고가 올라갈 것이라는 사실도 알고 있었다.

대륙에서 상위 수준의 용병이 한꺼번에 20명 이상 등록되는 것은 분명히 흔치 않은 일일 테니 말이다.

"평화로운 것이 가장 중요합니다, 전하."

"개뿔. 그냥 가자."

바로 아르젠에게 타박을 주는 카젠트였다.

렌달 시의 용병 길드는 넓었지만 의외로 사람이 적었다. 달랑 3명. 그중 책상에 앉아 있는 꽤 아름다운 금발의 여인이 눈에 띄었다.

"용병 등록을 하려고 한다만?"

카젠트가 앞으로 다가가 성의 없게 말을 걸었다.

하지만 여인은 그런 카젠트의 태도에 아랑곳하지 않았다.

카젠트보다도 훨씬 무례하고 성의 없는 사람들이 넘치는 곳이 바로 이 용병 길드였기에 이 정도 태도는 여인에게 무례도 아니었다.

"무슨 등급의 시험을 치르시겠습니까?"

"시험?"

여인의 말에 무슨 헛소리를 하느냐는 듯한 시선으로 여인을 바라보는 카젠트.

여인은 여전히 미소를 지으며 다시 입을 열었다.

"용병들은 모두 등급이 나뉘어져 있습니다. 맨 처음 아무것도 모르는 용병들의 등급은 D급에서 시작합니다. 그리고 좀 적응하며 C급으로 올라갈 수 있고, B급쯤 되면 노련하다고 할 수 있습니다."

"호오, 그래서? 그 윗 단계도 있을 것 같은데?"

카젠트의 말에 동의한다는 표시로 고개를 끄덕이는 여인.

"물론 있습니다. 그러니까 희미하게나마 오러를 검에 씌울 수 있다면 무조건적으로 A급을 받을 수 있습니다. 그리고 소드 엑스퍼트 상급 수준의 오러를 일으킬 수 있다면 S급을 받을 수 있습니다. 마지막으로 마스터에 오르시게 된다면 VS급을 받으실 수 있습니다만, 그런 분은 한 분밖에 없지요."

여인의 말에 이번에는 카젠트가 고개를 끄덕였다.

한 번도 만난 적은 없지만 용병 중에서 유일하게 소드 마스터의 경지에 오른 용병왕 로크 블레미어라는 이름을 몰라서는 검을 든 이라고 할 수는 없었다.

제이칼마저 인정한 강자가 아니던가?

"A급 이상의 용병들의 수는 적겠군요?"

갑자기 아르젠이 나서서 물었다.

아르젠의 엄청나게 잘생긴 얼굴을 보고 살짝 얼굴을 붉히는 여인이지만 이내 흔들림없는 시선으로 아르젠을 바라보았다.

"물론입니다만, 자세한 수는 가르쳐 드릴 수 없습니다. VS급에 오르신 분이야 누구나 다 알고 있으니 말할 수 있었습니다."

"그렇군요. 잘 알겠습니다. 그런데 레이디의 이름은?"

"저는 리안나라 합니다."

여인이 웃으며 자신의 이름을 밝히자 아르젠이 고개를 살짝 숙이고 뒤로 물러났다.

"전원 다 A급 시험을 보겠다. A급 용병은 오러만 일으킬 수 있다는 조건이었지?"

C급이나 B급은 얼마나 많은 생존 기술에 능한지가 중요했지만 A급 이상부터의 단계는 검술 실력이 좌우했고, 때문에 일정 수준의 오러를 일으킬 수 있다면 바로 합격이었다.

하지만 전원 모두라는 말에 드디어 리안나의 평정심이 깨져 버렸다.

이런 경우는 단 한 번도 없던 일이기 때문에 그녀로서

도 당황스러웠던 것이다.

하지만 카젠트는 여전히 무심한 표정으로 리안나를 바라보았다.

리안나는 카젠트의 흔들림 없는 표정에 접수를 받아들일 수밖에 없었다.

"잠시만 기다리세요. 심사위원을 부르겠습니다."

리안나가 그렇게 말하더니 자리에서 일어났다.

각 용병 길드 지부에는 항상 A급 이상의 용병이 한 명씩은 상시 대기한다.

혹시라도 발생할 수 있는 사건을 미연에 방지하기 위해서다.

A급 이상만 나서도 어지간한 사건은 그들의 손으로 자체적인 해결이 가능했다.

리안나가 데리고 온 용병은 40대 중반쯤의 나이로 보이는 남자였다.

이름은 윌리. 그는 카젠트 일행을 보자마자 놀라고 말았다.

그가 A급에 오른 지 벌써 8년이 다되어 가는데 그를 이토록 압박할 수 있는 강자를 보는 건 정말 오랜만이었다.

문제는 일행 전원에게서 그런 느낌을 받았다는 것이다. 모두 최소한 자신과 동급의 경지, 혹은 그 이상이었다.

"그럼 심사를 시작하겠다. A급은 오러를 형성하기만 하면 된다."

"대련은 없습니까?"

아르젠이 나서서 물었지만 윌리는 고개를 저었다.

"A급 이상의 용병이 부딪치면 그 생사를 장담할 수 없지. 그건 용병계에 있어서 큰 손실이기에 어지간해서는 싸움 자체가 금지된다. 물론 임무를 통해 싸우는 건 전혀 다르지만."

윌리의 말에 고개를 끄덕이는 아르젠.

하지만 이미 카젠트는 모든 게 귀찮아진 뒤였다.

"빨리 끝내도록 하지."

자신보다 어려 보이는 이의 말이었지만 윌리는 아무런 거부감도 느끼지 못했다. 짜증이 극에 달한 카젠트가 무의식적으로 무시무시한 기세를 팍팍 뿜어 대고 있었기 때문이다.

아르젠이 주의를 주기는 했지만 가볍게 무시했다.

하여튼 카젠트의 말에 모두가 검을 뽑아 오러를 운용했다.

순식간에 형성된 21개의 가지각색 오러가 보여 주는 광경에 윌리와 리안나는 당황하고 말았다.

리안나야 진짜 전원이 오러를 형성할 줄은 몰랐기 때문에 놀란 것이고, 윌리는 이들이 자연스럽게 오러를 만들 수 있다는 것에 대해 놀란 것이다.

'최소한 엑스퍼트 중급. 정말 최소한이 나랑 동급이 군.'

어이가 없다는 듯 고개를 젓는 윌리였지만 어쨌든 저들은 모두 합격이었다.

윌리는 리안나를 바라보더니 고개를 끄덕였다.

그러자 리안나가 다시 입을 열었다.

그러더니 금빛의 패 21개를 꺼내 들었다.

"여러분, 모두 합격입니다. 그럼 모두 이름을 말해 주시길 바랍니다. 이 용병패에 이름을 적어야 합니다. 그리고 이 용병패는 분실하지 말아 주시길 바랍니다. 여러분들의 신분을 증명해 주는 역할도 하니까요."

"내 이름은 카젠트다. 성은 없다."

카젠트의 말에 아르젠을 비롯한 모든 기사들의 몸이 살짝 떨리듯 움직였다.

지금 카젠트는 자신의 존재를 부정한 것이다.

왕실의 성, 크로아라는 이름을 부정한 것이다.

"뭣들 하나? 다들 자신의 이름 빨리 말해라. 이런 식으로 시간 보내는 건 귀찮다."

후다닥.

카젠트의 재촉에 기사들은 모두들 재빨리 일자로 줄을 서며 자신들의 이름을 말하기 시작했다.

그렇게 한 10여 분이 지나야 모든 등록이 완료되었다.

"후우, 그럼 모두 10골드 되겠습니다."

모든 이들의 이름을 새기느라 힘이 들었는지 잠시 숨을 가다듬은 리안나가 웃으면서 카젠트 일행을 당황시켰다.

"뭐, 10골드라고?!"

카젠트가 어이없다는 듯 얼굴을 찡그리며 리안나를 바라봤다.

"예, 10골드입니다. A급 용병패에는 도금을 하죠. 그 도금 값입니다만? 참고로 S급부터는 미스릴로 칠하기 때문에 가격이 훨씬 비싸답니다. 원래 A급 용병패는 개당 50실버입니다만, 한 번에 많이 등록하셔서 50실버는 깎아 드린 겁니다. S급 용병패 이후는 개당 10골드입니다."

일행이 서로의 얼굴을 바라보며 한숨을 내쉬더니 재정

을 맡은 아르젠이 10골드를 떨리는 손으로 건네주었다.

일행의 자금은 그렇게 여유있는 편이 아니었다. 더욱이 금괴는 아껴써야 하는 입장이었다.

"그럼 용병단 등록을 하셔야겠군요. 정해 놓은 용병단의 이름이 있으십니까?"

"피닉스(Phoenix)다."

"네, 피닉스 용병단 말씀이시죠."

아까부터 무언가 열심히 써 내려가는 터라 궁금증이 생긴 카일이 아르젠이나 카젠트 대신 나서서 물었다.

"아까부터 뭘 써 내려가는 거죠?"

"아, 이것은 마법의 양피지라는 겁니다. 이 종이에 써 내려가면 종이에 걸린 마법으로 용병 길드 본점의 마법석에 내용이 저장되지요. 그것으로 용병들 개개인의 신상을 알아 가는 것이니 속일 수 없죠. 얼굴도 등록이 되거든요."

그 말에 모두가 식은땀을 흘렸다.

특히 카젠트는 더했다.

수틀리면 용병들을 모조리 베어 버리고 용병패를 강탈하려고 했는데, 저런 식으로 기록이 저장되면 오히려 그들이 범죄자가 될 뻔했던 것이다.

아르젠을 비롯한 기사들이 카젠트를 살며시 노려보았다.

그 덕에 무안해진 카젠트가 머리를 긁었다.

"자, 피닉스 용병단. 등록되셨습니다. 등록비는 역시 10골드입니다."

주먹을 날릴까 말까 고민하는 카젠트였지만 어쩔 수 없이 다시 10골드를 내밀었다.

순식간에 빈털터리가 된 일행이었다.

"참, 제가 깜빡 잊고 말을 하지 않았습니다. 만약 기간트를 소유하게 되신다면 반드시 라이더와 함께 등록을 해 주시길 바랍니다."

"알았다. 기억하고 있겠다. 그런데 여기서 금괴를 현금으로 바꿔 주는 곳은 어디지?"

"아, 그곳이라면 멀지 않습니다. 중앙 광장에서 4번째 길, 그러니까 저희 길드 건너편에 있습니다. 이름은 스테인 은행입니다. 스테인 상단 휘하의 은행인데, 그곳이라면 믿을 수 있습니다. 그럼 새로운 용병단장님, 잘 부탁드립니다."

리안나가 웃으면서 인사하자 카젠트 역시 살짝 고개를 끄덕여 주었다.

피닉스 용병단.

이 용병단은 앞으로 용병왕 이후로 최고의 용병단이 될 이름이었다.

(3)

"신기하네요, 윌리 숙부. 어디서 저런 강자들이 한꺼번에 나타날 수 있을까요?"

리안나가 환하게 웃으며 숙부라 부른 윌리를 바라봤다.

그녀의 진짜 이름은 리안나 블레미어.

용병왕의 하나뿐인 딸이었다.

그녀는 검에 대해서는 아무것도 모르지만 그래도 똑똑한 머리로 아버지를 돕겠다는 이유를 들어 렌달 시의 길드에 나온 것이다.

그런 딸 때문에 항상 머리 아파하면서도 결국 수긍한 용병왕은 윌리를 파견해 그녀의 일을 도운 것이다.

그런데 계속 윌리가 대답이 없자 고개를 갸웃거리며 윌리를 바라보는 리안나.

그녀가 계속 바라보고 있음에도 윌리는 아무런 대답이 없었다.

그로서는 더욱 고민을 할 뿐이었다.

"윌리 숙부? 무슨 문제가 있나요?"

"아! 아무것도 아니다. 리안나야, 이건 빨리 형님에게 말을 하는 게 좋을 것 같구나. 왠지 저들이 평범한 존재는 아닐 것 같구나."

21명이나 되는 A급 용병으로 이루어진 용병단이라니, 용병왕 직속 친위 근위대와 맞먹을 정도의 용병단이 세상에 모습을 드러낸 것이다.

이것은 가볍게 무시하고 넘어갈 사안이 아니었다.

그런 윌리의 말에 수긍하며 재빨리 무언가를 써 내려가는 리안나였다.

한편, 카젠트는 분노하고 있었다.

"도대체 겨우 몇 분 만에 우리의 재산을 모조리 강탈해 가다니, 두고 보자."

카젠트가 이를 갈며 용병 길드를 빠져나왔다.

순식간에 20골드를 두 눈 뜨고 강탈당한 것이다.

물론 강탈이라는 건 그의 입장이지만 말이다.

다른 모든 일행들은 강탈이라 생각하지는 않았다.

다만 이게 엄청 비싸구나, 라는 것을 절감했을 뿐이

었다.

"일단 금괴부터 현금으로 바꾸죠, 전하."

아르젠의 말에 몸을 휙 돌려 아르젠을 노려보는 카젠트.

"당분간은 전하라는 호칭은 사용 금지다. 단장님이라 부르도록. 남들이 알아 봤자 좋을 것도 없고 당분간은 그 성 역시 사용할 마음도 없다. 좀 세력을 키운 다음에 뒤엎어야지."

알베드를 생각하며 다시 한 번 이를 가는 카젠트였다.

이러다간 그의 이빨이 남아날 것 같지 않아 아르젠은 재빨리 카젠트의 말에 수긍했다.

"하지만 일단 현금부터 만들죠. 용병단이 되려면 해야 할 것도 많지 않습니까? 임무 같은 것은 나중에 받아도 되니 말이죠."

"그래야지. 그것은 너에게 맡기겠다, 아르젠. 너는 이제부터 피닉스 용병단의 재정 담당이다. 너도 알다시피 우리 중에서 머리 쓰는 건 너밖에 없거든."

물론 아르젠 역시 재정을 담당할 수 있는 역량이 충분하다는 것은 아니지만, 그렇다고 진짜 평생 싸우고 수련만 하며 공부를 등한시한 다른 기사들에게 맡길 수도 없는 노릇이었다.

그것을 알기 때문에 아르젠 역시 자신의 역할을 별다른 거부 없이 받아들이는 것이고 말이다.

"마법사라도 끌어들여야 하는 거 아닙니까? 지금은 액수가 별로 없으니 제가 맡겠지만 액수가 커지면 저로서는 무리입니다, 단장님."

"아아, 왜 이렇게 해야 할 게 많단 말이냐! 어쨌든 모든 건 다 나중. 나는 잠시 여기를 둘러보겠다."

휘익!

순식간에 냅다 달리기 시작하는 카젠트.

"이런! 혼자 두면 일 나는데! 카일, 미켈란. 너희들이 뒤쫓아라. 사고 생기면 절대 안 돼!"

아르젠이 당황하며 가르딘과 미켈란에게 명령을 내렸다.

나이는 훨씬 어리지만 계급과 실력이 모두 아르젠이 위였고, 뭐, 그런 것 없이도 아르젠을 좋아하는 일행들이었다.

하여튼 가르딘과 미켈란 역시 빠른 속도로 뛰어 카젠트를 뒤쫓기 시작했다.

카젠트는 그야말로 질풍과 같이 쇄도해 자신을 쫓는 추

격자들(?)을 따돌렸다.

그는 자신을 뒤쫓는 이들이 감각에 잡히지 않자 그제야 천천히 걸으며 주변을 살펴보기 시작했다.

다시 한 번 살펴볼 때마다 이곳이 크로아 왕국과는 얼마나 다른지를 깨달을 수 있었다.

크로아 왕국의 사람들은 죽어 있는 존재들이었다. 그저 하루하루 살아가기만 할 뿐, 무엇을 역동적으로 추진할 수 있는 의지가 그들에게는 없었다.

하지만 이들은 달랐다. 자신들이 원하는 것을 추구하며 또한 발전을 향해 끊임없이 나아가고 있었다. 그리고 이곳에는 결정적으로 차별이라는 것이 없었다.

공화국과 같이 모두가 평등한 존재.

스스로가 가진 자유의 가치를 알고 있으며 직접 실천하는 사람들로 이루어져 있었다.

"내가 원하던 것이 이런 것이었던가?"

지나치는 사람들을 볼 때마다 미소를 짓는 카젠트였다. 그의 왕도가 실현되면 크로아 왕국도 이런 곳이 될까라는 생각에 빠진 카젠트였다.

그때, 그의 눈에 로브를 눌러써 얼굴을 가린 몇몇 사람들이 빠른 걸음으로 걷고 있는 모습이 눈에 띄었다.

"마법사?"

마법사라는 존재를 한 번도 보지 못한 것은 아니지만 크로아 왕국은 제로스트 드 로체스터 공작이 마법사들을 완전히 휘어잡았기 때문에 접하기가 매우 힘들었다. 마탑 역시 그의 영지에 있었으니 말을 다한 것이다.

니퍼트 시에서도 본 적은 있었지만 그들과 딱히 교류를 나눈 것도 아니었다.

마스터에 올라서 기감이 훨씬 뛰어나졌는지 마법사들과 기사들의 차이를 확연히 알 수 있는 카젠트였다.

기사들은 단단하고 날카로운 기세가 느껴지는 반면, 마법사들은 매우 부드럽고 유동적인 느낌이었다.

"무슨 일이려나?"

무슨 일에서인지 그들이 다급하게 행동하고 있다는 것이 확연히 느껴졌다. 마스터의 기감을 느끼는 능력은 정말 대단하다고밖에 표현할 방법이 없었다.

"그래서 목숨 거는 거겠지. 심심한데 한 번 쫓아가 볼까?"

쫓기는 자에서 쫓는 자가 된 카젠트였다.

자유무역연맹에는 3개의 마탑이 존재한다.

루이젤 마탑.

하이딘 마탑.

제르만 마탑.

이렇게 3개의 마탑이 존재하고 있었다. 이들 역시 그들 고유의 기간트를 만들 수 있었지만, 동부 대륙의 국가들을 제외한 각국의 마탑들보다 출력이 훨씬 낮았다.

가령 제로미어 제국과 타이렌 합중국, 그리고 중부연합 왕국 같은 경우, 주 기체들은 출력 1.5~1.9이고 만들 수 있는 최대 출력은 2.0 이상이었다.

하지만 자유무역연맹은 1.3이 최대인지라 타국에 비해 확연히 뒤떨어졌지만 용병들에게는 최고의 인기를 자랑하고 있었다. 그리고 한 종류만 생산해서 생산 속도만큼은 대륙 최고라 할 수 있었다.

괜히 무역연맹의 돈, 무력, 마법으로 표현되는 3대세력 중에서 한 축을 담당하고 있는 것이 아니었다. 그런데 그런 루이젤 마탑의 마법사들이 지금 쫓기고 있었다. 시끄러운 도심 속이었지만 그들은 분명 쫓기고 있었다.

그들의 인원은 총 5명.

"도대체 어떻게 안 거야! 어디에서 정보가 샌 거야?"

검은 로브를 입은 한 존재에게서 들려오는 것은 분명 여성의 목소리였다.

역시 검은 로브를 입은, 여성으로 추정되는 이보다 몸집이 더 큰 마법사가 입을 열었다.

"그럴 리가 없습니다. 이 비밀을 아는 이들은 탑주님과 원로 마법사분들, 그리고 지금 저희들뿐입니다."

"하지만 그렇다면 더욱 샐 리가 없어."

또 다른 로브의 마법사가 입을 열며 말했다.

하지만 이들은 그렇게 토론할 여유가 없었다.

그들을 포위하고 있는 수십 명의 복면인들.

"그대로 설계도를 넘겨주면 고마울 것 같군."

복면을 썼지만 한눈에 봐도 나는 마법사요 하는 복장을 입고 있는 존재였다.

루이젤 마탑의 마법사들이 지금 가지고 있는 것은 새로운 기간트의 설계도였다.

그것도 무려 1.5의 출력을 가진 기간트의 마나 드라이브 설계도였다.

타국에서도 대단한 가치가 있겠지만 자유무역연맹에서 1.5의 기간트는 세력의 판도가 뒤집힐 정도로 강력한 힘을 가지고 있었다.

"무슨 헛소리인지는 모르겠지만, 이것은 우리 마탑이 직접 설계한 거야! 네놈들에게 넘겨줄 의무는 없어! 파이어 봐!"

여성 마법사가 큰 소리로 외침과 동시에 화염구를 쏘아
냈다.

크기가 꽤 컸음을 보았을 때, 이런 수준의 마법을 단번
에 운용하는 여성 마법사의 실력이 뛰어나다는 것을 알
수 있었다.

하지만 복면의 마법사가 지팡이를 살짝 휘두르는 순간,
화염구는 순식간에 소멸하고 말았다.

복면의 마법사가 훨씬 실력이 뛰어나다는 것을 보여 주
는 단적인 예라 할 수 있었다.

"까불지 말아 줬으면 하군. 너희들 따위 죽이는 것은
정말 쉬운 일이다."

포위하는 이들 중에서 마법사는 복면의 마법사 한 명뿐
이었지만 수준이 그들보다 훨씬 위였고, 다른 복면인들에
게서도 날카로운 기세가 느껴져 함부로 경시할 수 있는
수준이 아니었다.

"절대 그럴 수 없다! 썬더 볼트!"

4명의 마법사가 동시에 썬더 볼트를 외치는 순간, 거센
벼락 줄기가 마법사와 복면인들을 향해 쇄도하기 시작했
다.

"으갸갸갹!"

전신을 관통당한 몇몇의 복면인이 비명을 질렀지만 복면의 마법사는 이번에도 역시 가볍게 소멸시켰다.

"도망쳐!"

그 순간, 5명의 루이젤 출신 마법사들이 세 방향으로 나눠져 달리기 시작했다.

2명, 2명, 1명씩 나눠서 말이다.

"귀찮게 하는군. 그래 봤자 시간만 끌 뿐, 달아날 수 없다는 사실을 모르는군."

복면의 마법사가 얼굴을 찌푸리며 손짓하자 복면인들이 빠른 속도로 달려 그들을 추적하기 시작했다.

그리고 복면의 마법사 역시 하늘 높이 치솟더니 이윽고 모습이 사라지기 시작했다.

"이거, 일이 재미있게 돌아가는데?"

멀리서 지켜본 카젠트의 감상평이었다.

(1)

"하아, 하아."

혼자서 도망친 여마법사, 라니아가 자신의 얼굴이 드러났다는 사실도 모른 채 빠른 속도로 달리고 있었다. 마나가 다 떨어질 때까지 헤이스트 마법을 통해 엄청난 속도로 달렸다. 그렇게 추적자들을 따돌렸다고 생각하는 순간, 그녀는 멈췄다.

"하아, 하아."

거칠게 숨을 내쉬는 라니아.

마나와 체력을 거의 다 소진한 그녀에게는 더 이상 뛸

힘이 남아 있지 않았다.

그녀는 경계를 멈추지 않고 주변을 끊임없이 살펴보았다.

그때였다.

"홀드."

어떤 목소리가 울림과 동시에 그녀의 몸이 완전히 굳어졌다.

그리고 하늘에서 유유히 내려오는 복면의 마법사.

복면의 마법사가 비웃는 어조로 입을 열었다.

"하늘을 주의해야지. 나 정도 되는 마법사에게 하늘을 나는 것은 일도 아니라는 것을 모르는가?"

라니아는 정말 놀랐다.

플라이 마법은 3서클 마법이지만 저토록 자연스럽게 사용하려면 4서클 이상은 돼야 한다. 그녀가 지금 3서클이기에 더욱 잘 알았다.

그녀의 나이에 비해 엄청난 수준이라 천재라 불리고 있는 그녀였지만 눈앞의 마법사는 그 이상이었다.

"너희 5명은 루이젤 마탑의 탑주인 나드레의 직속 제자라지? 그중에서도 네가 수준이 제일 높더군. 그리고 거짓말을 하면 안 되지. 이 설계도는 너희가 만든 게 아니지 않느냐? 너희가 만든 거라면 이런 상황이 올 리가 없지."

확실히 자신들이 만든 것이라면 마탑 안에 고이 모셔 둬야지 이렇게 직접 들고 오는 위험한 상황을 초래할 리가 없었다.

복면 마법사의 말에 얼굴이 일그러지는 라니아.

복면 마법사의 말대로 이 설계도는 루이젤 마탑이 직접 만든 것이 아니라, 한 고대 유물이 있는 던전에서 얻어낸 성과였다.

그때, 수많은 복면인들이 도망친 그녀의 사제 4명을 끌고 와 무릎을 꿇게 했다.

탈출은 실패였다.

복면인들이 그들의 품을 뒤지자 총 10장의 설계도가 복면 마법사의 손에 들어왔다.

"좋아, 이러면 된 거지. 이것을 얻었으니 너희들을 더 이상 살려 둘 필요는 없겠지?"

복면의 마법사가 지팡이를 들어 올리자 거대한 마나가 지팡이의 끝으로 모여들더니 거대한 불덩어리를 형성하기 시작했다.

5서클 마법인 인페르노였다.

그 마법을 보는 순간, 루이젤 마탑의 다섯 마법사의 얼굴에 절망이 나타나기 시작했다.

적을 태워 죽일 때까지 결코 꺼지지 않는 화염의 마법.

저것을 맞고 살아남을 수는 없었다.

화르르!

모든 것을 순식간에 태워 버릴 듯한 열기가 느껴지자 그들은 눈을 감았다.

콰아아앙!

그 순간, 굉음이 울려 퍼졌다.

"커헉!"

마나가 뒤틀려 역류하는 충격에 피를 토하고 마는 복면의 마법사.

복면인들도 당황하며 주변을 살펴보았다.

그런 그들의 앞에 복면인 중 한 명을 쓰러뜨린 뒤 복면을 뺏어 쓴 한 존재가 검을 든 채 당당히 서 있었다.

물론 그 존재는 생각할 것도 없이 카젠트였다.

심심하던 차에 꽤 대단한 마법이 펼쳐지는 것을 알아채고 호승심으로 달려든 것이다.

그것 말고도 자신에게 필요한 마법사를 얻기 위해서라는 거창한 목적도 있었지만 말이다.

물론 그 과정은 다른 평범한 사람이 이해하기는 힘들었다.

카젠트는 단숨에 한 복면인의 목을 꺾어 버리고 그 복면을 강탈해서 자신이 썼다. 그리고 몸을 틀어 무형의 오러 블레이드를 형성함과 동시에 인페르노라는 고위 마법을 양단했다.

놀랍게도 보통 마법이 아니었는지 그의 옷에도 불이 붙었고, 그 불은 꺼지지 않고 그의 몸을 노렸다.

찌익.

가볍게 옷을 찢어 버린 카젠트가 복면인들을 바라봤다.

복면의 마법사는 한눈에 보기에도 큰 타격을 입었다는 것을 깨달을 수 있을 정도였다.

몸을 부들부들 떤 채, 간신히 지팡이에 기대어 카젠트를 바라보는 복면의 마법사.

복면을 통해 드러난 그의 눈에는 어마어마한 살의가 담겨져 있었다.

"네놈은…… 누구냐……?"

"글쎄? 나는 누굴까?"

카젠트는 복면을 쓴 상태에서 환하게 웃으며 되물었다.

으드득.

그런 카젠트의 태도에 이를 가는 복면의 마법사.

하지만 그는 더 이상 마법을 사용할 수 없는 상태였다.

한 달은 족히 정양해야 할 정도로 큰 타격을 입은 것이다.

"가라."

복면의 마법사가 차갑게 말을 하자 복면인들이 모두 검을 뽑으며 카젠트를 향해 빠른 속도로 달려들기 시작했다.

하지만 카젠트는 전혀 겁을 먹지 않았다.

오히려 간만에 몸을 풀 수 있다는 사실에 기분이 좋아질 정도였다.

파앗!

복면인들이 원진을 형성하며 검을 내질렀다.

하지만 그 검은 카젠트의 몸에 스치지도 못했다.

카젠트는 피식 웃더니 그대로 검을 내리그었다.

촤아악!

한 복면인의 몸이 순식간에 양단됐다.

이제는 시체가 된 복면인의 가슴을 발로 걷어차자 그 시체에 맞은 다른 복면인이 튕겨져 나갔다.

푸욱!

시체와 함께 가슴을 꿰뚫는 검.

검을 뽑자 너무 쉽게 뽑히는 검.

카젠트가 그 자세에서 바로 검을 옆으로 휘두르자 다른 복면인의 목이 잘려 나갔다.

우우웅!

복면인들의 몸에서 빛이 뿜어져 나오기 시작하더니 그들의 검에서 오러가 형성되기 시작했다.

"가짜군?"

오러긴 오러였으나 제대로 된 오러는 아니었다.

예전에 상대하던 맹독의 기운이 느껴지기도 했다.

하긴, 정식 기사를 이렇게 많이 가질 수 있는 집단은 세상에 그리 많지 않았다.

이들은 그저 마법으로 만들어진 가짜.

들인 노력이 전혀 없다고 할 수는 없지만 그래도 저런 존재를 보는 것만으로도 기분이 상하는 카젠트였다.

"갑자기 기분이 나빠지는군. 단숨에 끝내 주지."

카젠트의 말에 복면 마법사도, 복면인들도, 그리고 루이젤 마탑의 마법사들도 그날 인간의 몸으로 펼쳐진 재해를 보았다.

복면인들의 수는 총 30명.

모두 자신의 생명력으로 오러를 형성했지만 카젠트에게

는 무의미했다.

그리고 그것은 그들에게 이해할 수 없는 경험으로 다가왔다.

아무런 변화도 없는 검과 오러가 실린 검이 부딪치자 오러가 실린 검이 베어짐과 동시에 복면인의 신체 역시 양단되었다.

아무리 그들이 검을 휘두르고 달려들어도 카젠트의 몸에는 상처 하나 내지 못했다.

6명의 복면인이 전후좌우, 상하, 인간이 움직일 수 있는 모든 방위를 점해서 카젠트를 향해 검을 내질렀다.

"제법 하지만 그래 봤자 결과는 변하지 않는다."

카젠트가 숨을 한 번 내쉬더니 엄청난 속도로 검을 휘둘렀다.

무형의 오러 블레이드가 실린 검은 그야말로 폭풍이 되어 오러가 실린 검들을 베어버리고 복면인들 역시 완전히 분해하듯 제대로 된 시신을 남기지도, 수습하지도 못하게 만들었다.

하지만 그렇게 움직여도 카젠트의 검에는 피가 전혀 묻지 않았다.

그런 장면이 카이젠의 존재를 더욱 기괴하게 만들었다.

치이익!

죽어서 시체가 된 이들의 몸에서 검은 연기가 나오는 것과 동시에 녹아내렸다.

꾸준히 섭취한 극독이 그 힘을 발휘한 것이다.

하지만 카젠트는 그런 것에 개의치 않고 여전히 웃으며 다른 복면인들을 바라보았다.

"자아, 이번에는 누구냐?"

감정과 고통을 느낄 수 없게 된 복면인들이 지금 한 존재를 보며 공포를 느끼고 있었다. 저 존재는 감히 자신들과 같은 인간이 대항할 수 있는 존재가 아니었다. 인간의 몸으로 형상된 재해와 같은 존재였다.

복면인들이 주춤거릴 뿐, 다가오지 않자 카젠트가 가볍게 검을 내리그었다.

촤아악!

분명히 거리가 떨어져 있는데도 한 복면인의 상체가 갈라지며 쓰러졌다.

카젠트가 공포에 질린 복면인들을 바라보며 다시 입을 열었다.

"너희들이 안 움직이면 더 쉽게 죽을 뿐이야. 너희들의 모든 것을 내보이라고."

그 말에 다시 쇄도하는 복면인들.

모든 생명력을 끌어 올리자 독에 의해서 몸이 서서히 녹아내리기 시작했다.

하지만 그럼에도 그들은 달려들었다.

공포에 질려 그들은 더 이상 이성적으로 사고하는 것이 불가능했다.

그런 복면인들을 보며 카젠트의 얼굴에 더욱 진한 미소가 피어올랐다.

"잘 가라."

복면의 마법사가 보기엔 그것은 단 일검이었다.

다른 공격은 전혀 없었다.

하지만 그 한 번의 휘두름에 순식간에 남은 모든 복면인들이 완전히 시체가 되어 쓰러져 버렸다.

제대로 시체를 남긴 이들은 없었다.

모두들 똑같이 일정하게 상체가 양단되어 죽어 버리고 말았다.

카젠트는 휘파람을 불며 복면의 마법사를 바라보았다. 복면의 마법사는 그제야 죽음을 직시하고 몸을 벌벌 떨었다.

그의 인식에서 벗어난 괴물.

그런 괴물을 그는 알고 있었다. 하지만 그는 이미 마나 포션을 마시고 마법의 시전어를 외치고 마법을 발동했다.

그가 지금 펼칠 수 있는 최강의 마법이었다.

"썬더 포스!"

거대하고도 짙은 푸른 뇌전의 힘이 그대로 카젠트를 향해 쇄도했다.

이 일격이면 분명히 기간트의 해치마저도 꿰뚫을 수 있을 정도의 위력이었다.

복면의 마법사는 그렇게 믿었다.

하지만 그 믿음은 철저히 배신당하고 말았다.

왜냐하면 카젠트는 저 마법을 본 순간, 위험하다는 것을 깨달았고, 바로 자신이 끌어낼 수 있는 최대의 마나로 오러 블레이드를 형성해 마법을 베어 버린 것이다.

콰아아앙!

푸른 뇌전이 카젠트의 검과 부딪치는 순간, 갈라지기 시작했다.

복면 마법사는 이상하게 그것을 느리지만 제대로 볼 수 있었다, 카젠트의 검과 제대로 부딪치지 않고 그 검을 둘러싸고 있는 힘이 뇌전을 밀어내면서 잘라 버린 것을.

전신이 찢어져 나가고 마나의 서클이 뒤틀리는 고통에 주저앉아 버린 복면의 마법사.

카젠트는 어느새 마법사의 앞에 서서 웃으면서 그를 내려다보고 있었다.

"쿠에에엑…… 다, 당신은…… 소…… 드……."

"거기까지. 저들이 알아차리면 곤란해."

촤아아악!

복면 마법사는 더 이상 말을 잇지 못한 채 그대로 목과 신체가 분리되고 말았다. 이번에는 오러를 사용하지 않고 바로 휘두른 것이라 검신에 붉은 피가 맺혀 있었다.

카젠트의 표정은 무표정했다.

복면 마법사에게는 자신의 모든 것을 바친 일격이었지만 카젠트를 어떻게 하기에는 무리였다. 공안을 통해 마법의 마나 흐름까지 파악하는 그에게 마법을 파훼하는 것은 식은 죽 먹기였다.

"자아, 그럼 너희들은 어떻게 처리해야 할까?"

여전히 복면을 쓴 채 카젠트가 웃으며 루이젤 마탑의 일행을 바라봤다.

이미 라니아에게 걸린 홀드 마법은 풀린 지 오래였다.

하지만 그럼에도 그들은 아무런 말도 하지 못하고 그저

몸을 떨 뿐이었다. 그들 역시 살인을 저질러 본 적이 있긴 하지만 이런 식은 아니었다.

마치 아무것도 아니라는 듯이 인간을 가볍게 베어 가르는 저 눈앞의 존재에 비하면 그들은 아무것도 아니었다.

"무엇을 바라시는 겁니까?"

라니아가 침착한 표정을 지은 채 간신히 입을 열어 물었다. 이성을 유지하는 게 마법사의 가장 중요한 일 중 하나이지만 눈 앞의 존재는 이성을 유지하며 말을 하는 것이 정말 힘들었다. 가만히 있는 것만으로도 전신을 짓누르는 어마어마한 압력에 의해 말이다.

"큭, 바라는 거라…… 글쎄, 일단 너희들이라면 자격 조건은 되는데 말이지."

카젠트는 이들을 이용해 기간트를 뜯어낼 작정이었다.

다른 국가들과 달리 이곳 자유무역연맹에서는 기간트를 소유하는 데 제한이 없다.

금력을 상징하는 대륙 최고의 부자, 글라렌 상단을 이끄는 이리칼 글라렌 휘하의 사설 용병단이 가지고 있는 기간트의 숫자만 해도 40기가 넘었고, 무력을 상징하는 용병왕 로크 블레미어 휘하의 직속 용병단도 50기 정도로 비슷한 전력을 가지고 있었다.

그리고 이들에게 줄 최상급 마나 스톤도 있으니 이 정도 미끼면 얼마 안 되더라도 분명히 기간트를 뜯어낼 수 있을 것이다.

스스로의 생각에 감탄하며 카젠트는 라니아를 비롯한 마법사들을 바라보고 다시 입을 열었다.

"나를 루이젤 마탑의 탑주에게 데려다 주면 된다. 간단하지?"

분명 간단하다면 간단하다고 할 수 있는 영역의 말이지만 또한 간단하지 않기도 했다. 눈앞의 존재는 정말 어마어마한 검의 실력자였다.

오러 블레이드만 펼치지 못할(?) 뿐, 검술 실력만큼은 정말 발군이라 할 수 있는 존재였다. 자신들의 스승이 6서클의 경지에 오른 마법사라 하지만 근접전에서 저 남자를 이길 수 있을 거라고 장담할 수 없었다.

"뭘 고민하는지 알 것 같다만, 탑주에게 손쓸 생각은 없다. 마음만 먹으면 죽이기는 쉽거든, 죽이기는."

카젠트의 말에 더욱더 불신 어린 표정으로 카젠트를 바라보는 5인의 마법사.

그때, 그제야 간신히 카젠트를 따라잡은 가르딘과 미

켈란이 지친 얼굴로 카젠트를 바라보더니 주변의 시체를 보고 일순 놀란 표정을 짓더니 바로 표정을 가다듬는다.

"아아, 별일 아니다. 가볍게 몸 좀 풀었을 뿐. 참고로 사고 친 거는 아니니까 아르젠에게는 말할 필요 없고."

"이미 늦었습니다만?"

갑작스럽게 들려오는 익숙한 목소리에 카젠트가 얼굴을 찌푸렸지만 복면으로 인해 드러나지 않았다.

하지만 어쩔 수 없다는 듯 포기하며 복면을 벗는 카젠트.

카젠트가 5인의 마법사를 가리키며 아르젠에게 다시 말을 걸었다.

"얘들 잘 보살피도록. 꽤 중요한 손님이니까. 우리의 목적을 좀 더 쉽게 이루어 줄 분들이니까 말이야."

카젠트의 말에 눈을 반짝인 아르젠이 고개를 끄덕였다.

한편, 5인의 마법사들은 그토록 사람들을 잔인하게 죽여 놓고도 그저 몸을 풀었다고 설명하는 카젠트에 의해 기가 질린 상태였다.

저들의 상태를 알아차린 아르젠이 잠시 카젠트를 노려보더니 마법사들을 달래기 시작했다.

그렇게 26명으로 늘어난 일행이 다시 여관으로 돌아갔
을 때, 이미 해는 저문 뒤였다.

유일한 홍일점인 라니아를 필두로, 일행 중 가장 키
가 큰 남자는 세스크, 그리고 로렌스, 파니안, 아레즈
였다.

라니아와 세스크는 3서클 마법사였고, 나머지는 2서클
마법사였다. 모두들 나이에 비해 뛰어난 실력이었다.

나이는 라니아와 세스크가 21살이고 나머지는 아직 20
살이었다.

카젠트는 가볍게 씻은 뒤, 검에 묻은 피를 닦아 내기
시작했다.

그 모습이 꽤나 끔찍해서인지 5인의 마법사는 아직도
제대로 카젠트에게 다가가지 못했다. 하지만 기사들은 모
두 저런 모습이 익숙해서인지 아무렇지도 않다는 반응이
었다.

"식사가 준비되었습니다."

에스톤이 다가오며 말하자 고개를 끄덕이는 카젠트.

금괴를 바꿔 온 덕분에 지금 일행에게는 100골드가 넘
게 있었다. 그럼에도 아직도 많은 양의 금괴가 탑에 쌓여

있는 상태고 지금 가져온 것도 많이 남은 터였다.

　이제 더 이상 그들은 돈으로 걱정할 일은 없었다. 그래서 일행은 돈을 생기자마자 여관을 통째로 빌렸다. 처음으로 사치(?)를 부려 보는 그들이었다.

(2)

　5인의 마법사는 식탁에 차려진 음식을 흡입하듯 모조리 먹어치웠다. 오늘 하루 동안 그들에게 일어난 일은 아직 경험이 부족한 그들에게는 너무나 큰 충격이었다.

　체력, 마나, 그리고 기력까지 소모한 그들은 먹는 것으로 채우려고 작정한 것이 분명했다.

　5명이 벌써 15인분을 먹고 있었던 것이다. 그 모습에 카젠트를 비롯한 모든 기사들이 신기하다는 눈빛으로 그들을 바라보았다.

　기사들은 그 특성상 격하게 움직인다. 그렇게 격하게 움직이다 보니 체중이 줄어들기 마련이다. 몸집이 비대해져서도 안 되지만 너무 가벼워지면 검에 실리는 힘이 줄어들기 마련이다.

　'마나로 채워주면 되지 않냐'라고 물을 수도 있다.

하지만 육체가 받쳐 주지 않는 상태라면 마나를 써도 효율적으로 사용할 수가 없다. 이것은 소드 마스터라 해도 마찬가지였다.

따라서 검을 휘두르기 가장 적합한 육체를 유지하기 위해 기사들은 많이 먹는 편이었지만 지금 저 마법사들은 기사보다 훨씬 많이 먹고 있었다.

5명에서 20인분을 먹고 나서야 배가 부른 듯 먹는 것을 그만둔 마법사들이었다.

카젠트가 다른 기사들을 바라보며 얼굴을 찌푸리며 물었다.

"저것들 데리고 있다간 식비로 돈 다 써버리겠군."

카젠트의 말에 쓴웃음을 짓는 기사들이었다.

그렇게 일행들의 식사가 모두 끝나고 나서야 제대로 이야기가 진행될 수 있었다.

카젠트는 그저 지켜보는 입장이었고, 전권을 위임받은 아르젠이 대표로 5인의 마법사와 이야기를 하게 되었다.

"무슨 일로 저희 스승님을 만나려고 하시는 거지요?"

마법사들의 대표로 라니아가 나서서 물었다.

"다름이 아니라, 저희가 기간트를 구입하고 싶어서 말

입니다. 루이젤 마탑의 쓰론(Thorn)은 자유무역연맹 내에서는 제일 인기가 많은 기체가 아닙니까?"

아르젠의 말에 마법사들 모두의 얼굴에 자부심이 드러났다. 쓰론은 출력 1.3으로, 결코 높다고 할 수는 없는 출력이었지만 자유무역연맹에서만큼은 고출력이라 할 수 있는 기체였다.

그리고 붉은색을 바탕으로 중요 부분에 검은색으로 덧칠된 이 기체는 외관 역시 멋져 많은 용병들이 선호하고 있었다.

"그런데 기체 구입은 군이 저희들을 통하지 않고 마탑에 직접 문의하시는 것이 편하실 텐데요?"

카젠트와 달리 부드러운 분위기를 가지고 있는 아르젠으로 인해 용기를 얻은 라니아가 말을 꺼내자 아르젠이 난감하다는 듯한 표정을 짓더니 카젠트를 바라봤다.

카젠트가 눈에 힘을 힘껏 주자 어쩔 수 없이 입을 여는 아르젠.

"저희는 그리 많은 자금이 있지 않습니다. 아직 신생 용병단이라서 말입니다. 그렇기 때문에 여러분들의 도움이 절실합니다."

아르젠이 자신의 처지를 솔직히 말을 꺼내자 라니아가

묘한 눈빛으로 아르젠을 바라보았다.

이제껏 수많은 용병들을 만나왔지만 이처럼 솔직하게 말을 하는 용병들은 없다 해도 과언이 아니었다.

그나마 있다면 아직 로크 블레미어가 용병왕이 되기 전의 시절, 그녀의 스승에게서 '그런 용병은 처음 봤다' 라는 말을 들은 것밖에는 없었다.

하지만 실상은 아르젠의 말과 조금 달랐다.

일단 그의 말이 진실이기는 했다.

신생 용병단이라는 점도 있고 금괴가 있긴 하지만 한 기에 3천 골드나 드는 기간트를 살 정도는 아니었다.

몇 개의 금괴를 바꾸어서 가지고 있는 자금이 2천 골드 남짓이니 말이다.

아르젠이 그럼에도 이렇게 당당히 협상을 할 수 있었던 이유는 지금 저들이 소중한 인질이기 때문이다.

이야기를 들어 보니 저들은 탑주의 직계 제자들이었다. 그것만으로 몸값이 보증됐다고 해도 과언이 아니었고, 이들을 한 번 휘저어 본 다음에 최상급 마나석을 가지고 최종적으로 마무리하는 것이 목적이었다.

부르는 게 값인 최상급 마나석이면 기간트 최소 3기에서 많으면 5기 정도는 얻을 수 있을 거라는 계산이 있었기 때문에 아르젠이 자신만만하면서도 솔직히 대답할 수 있었던 것이다.

"물론 한 기 정도는 충분히 구입할 수 있습니다만, 최대한 많이 살 수 있게 여러분의 도움을 간절히 바라고 있습니다."

아르젠의 진심 어린 말투와 멋진 외모가 상승작용을 일으켜 라니아를 매혹하듯 그녀의 귀에 들려온다. 하지만 라니아는 마법사 특유의 냉철함을 이용하여 그 매혹(?)을 떨쳐 냈다.

그녀가 여전히 날카로운 이성을 유지한 채 아르젠을 바라봤다.

"저희의 목숨을 구해준 것은 정말 감사합니다만, 기간트 판매 건은 저희가 간섭할 수 있는 영역이 아니에요. 기간트 판매는 오직 탑주님과 원로 마법사님들만의 영역입니다."

그때, 카젠트가 자리에서 일어나 그들에게 다가왔다.

"그럼 너희들의 존재 의미는 사라져 버릴 텐데, 감당할 수 있겠나? 내가 왜 너희들을 구해줬다고 생각하는 건지 모르는 것은 아니겠지?"

카젠트로서는 웃으면서 하는 말이었지만 그것을 듣고

보는 사람에게는 그 웃음이 전혀 들리지 않았다.

카젠트를 보자마자 그가 행한 살육들이 바로 떠오르는 마법사들이었다. 그들로서는 결코 잊을 수 없는 기억을 카젠트가 선사해 준 것이다.

그런 카젠트는 그들에게 트라우마나 다름이 없었고 그 트라우마는 공포를 초래하였다.

"그, 그것은……."

확실히 그 각인됨이 컸던지 제대로 말을 잇지 못하는 라니아였다.

분명 카젠트와 같은 나이대지만 사는 세계가 완전히 다르다고 해도 과언이 아닐 정도로 다른 종류의 인간이었다.

그저 카젠트가 미소 한 번 짓는다고 날카롭던 이성이 무뎌질 줄이야.

마법사들이 어떤 상태에 처한 것인지 깨달은 아르젠이 고개를 저으며 카젠트를 바라봤다.

충격은 이 정도면 족했다.

아르젠의 몸짓에 자리에서 물러나는 카젠트.

"할 수 있는 한…… 최대한 도움을 드리겠어요. 그러니 저 인간만은 좀."

라니아가 울 듯한 표정으로 말하자 아르젠이 고개를 끄덕였다.

앞으로도 되도록이면 카젠트를 보지 말게 해야겠다고 다짐하는 아르젠이었다.

저러다가 마탑과의 거래에서 큰 차질이 발생할 수도 있으니 최대한 주의를 기울여야 했다.

✠　　✠　　✠

"실패란 말이지?"

적발의 미청년이 차갑게 웃으면서 말하자 란스의 전신에서 식은땀이 흘러내리기 시작했다. 저렇게 웃는 미청년이 얼마나 무서운지 그는 이미 알고 있었다.

다행히 이번 임무는 그가 담당하고 있는 임무가 아니었기에 망정이지, 만약 그 자신이 맡고 있는 임무가 실패했다면 그는 벌써 죽었으리라.

란스의 나이가 벌써 46세였지만 미청년의 나이는 그보다 5살 더 많았다. 하지만 그럼에도 미청년이 20대 중반의 얼굴을 유지할 수 있었던 이유는 바로 그가 초인, 즉 소드 마스터였기 때문이다. 제레미아 제국의 7인의 검 중 하나인.

폭검(爆劍), 아이반 드 페트릭 공작.

그것이 바로 미청년의 정체였다. 제레미아 제국의 정보
부를 총괄하고 있는 그는 대륙의 균형을 적절히 유지시키
는 역할을 담당하고 있었다.

때문에 음지에서의 그의 권한은 황제를 능가한다 해도
과언이 아닐 정도였기에 그런 그의 분노를 사느니 먼저
자살하는 것이 속편했다.

"실패 원인은? 도저히 실패할 수 없는 일이었다. 내 직
속이기는 하지만 황실의 5서클 마법사를 보냈고 그림자
한 부대를 보냈다. 그런데도 실패를 했다니. 스워드, 네놈
은 무슨 일을 그따위로 처리한단 말이냐!"

란스가 두려움 어린 표정으로 자신의 동료인 스워드
를 바라봤다. 둘 모두 소드 엑스퍼트 상급의 경지에 오
른 기사였지만 눈앞의 존재에게 그러한 경지는 무의미했
다.

"죄, 죄송하옵니다, 공작 전하!"

지닌바 경지에 맞지 않게 벌벌 떨며 대답을 하는 스워
드.

퍼억!

그런 스워드의 안면을 강타하는 아이반 공작의 발.

이번 일은 최상급 마나 스톤과는 비교도 안 될 정도로 중요한 임무였기에 실패에 대한 대가는 처절했다.

그렇게 몇 분 동안 구타를 당한 스워드.

그제야 분이 불린 아이반 공작이 부르자 치료사 몇 명이 와서 쓰러진 스워드를 데리고 갔다.

"자유무역연맹의 힘은 더 이상 강해져서는 안 된다. 이미 지금도 감당하기 힘들단 말이다."

물론 제국의 총공세를 막아낼 정도는 아니었다. 총공세가 아니라 5개의 군단 중 하나만 보내어도 되었다. 제국이 마음만 먹으면 대륙 통일을 하는 것은 일도 아니었다. 하지만 지금은 제국은 총공세를 펼칠 수 있는 전력을 모을 수 있는 상황이 아니었다.

현재 제국은 내전 상태에 있기 때문이다. 비록 수도에 국한되어 있기는 하지만 말이다. 하지만 그렇다고 무시할 수 있는 성질의 내전은 아니었다.

아이반과 마찬가지로 7인의 검에 포함된 이이자 로드 나이트 이후로 최고의 천재라 알려진 제1황자 카이젤 폰 제레미아가 주도하는 내전이었으니 말이다.

사실상 내전이라 하기에는 좀 모양새가 그랬다.

이미 압도적으로 기사들의 지지를 받으며 황위를 차지하는 데 토대를 다진 그가 자신의 혈육들을 무자비하게 죽이고 있었으니 말이다.

　문제는 그런 황자들을 따르는 귀족들과 관료들의 수가 적지 않다는 점에 있었다.

　그중에서는 군부, 행정 기관 등 요직을 차지하고 있는 귀족과 관료들이 순식간에 죽어 버려 제국을 통치하는 데 큰 어려움이 생겨 버린 것이다.

　이런 상태에서 전쟁은 바람직하지 못했고, 그렇다고 타국이 전력을 증강하는 것을 지켜만 볼 수도 없는 입장이었다.

　그래서 수많은 공작을 실행했다.

　최상급 마나 스톤 강탈도 그런 공작의 일부였다.

　그리고 많은 공작들이 성공을 거두기도 했다.

　현재 타이렌 합중국이 동부 대륙과의 전쟁을 준비하는 것 역시 공작의 하나기도 했다.

　하지만 이상하게 자유무역연맹에서의 일만큼은 제대로 풀리지가 않았다. 최상급 마나 스톤 강탈 실패는 아쉽기는 했지만 그렇게 큰 의미를 부여하지 않았다.

　출력 2.0 이상의 기체는 분명히 대단하다. 하지만 그만큼 대단하기 때문에 이를 쉽게 조종할 수 있는 라이더 가 그리 많지 않았다. 최소 엑스퍼트 최상급에서 소드 마스터는 되어야 쉽게 조종할 수 있다.

지금쯤이라면 자유무역연맹 내에서 타이렌 합중국과 제이렌 왕국이 거래를 하고 난 뒤겠지만 어차피 만들어 봐야 쓸 일 없는 기간트에 의미를 둘 필요는 없었다. 자격이 되는 라이더를 얻는 것이 얼마나 힘인지 알기 때문이다.

하지만 루이젤 마탑의 일은 달랐다.

"출력 1.5의 기간트는 대단히 위험하다. 이 정도면 엄청난 고출력이다. 그리고 그들의 빠른 양산 속도면 단숨에 전력을 증강시킬 수 있지."

실제로 그것을 걱정하는 것이다.

출력 1.5의 기간트를 조종할 수 있는 라이더는 자유무역연맹 내에 매우 많았다. 자유무역연맹이 출력 1.5의 기간트로 이루어진 군단을 갖고 있다면 단숨에 대륙의 판도를 뒤틀 수 있는 전력을 갖출 수 있다.

물론 단숨에 설계도를 해석하지는 못하겠지만 그래도 주의할 건 주의해야 했다. 그래서 일부러 과한 전력을 투입해서 설계도를 빼앗으려고 했는데 일이 이렇게 틀어질 줄은 아이반 공작으로서는 생각하지도 못했다.

"일단 하이딘 마탑과 제르만 마탑에도 이 사실을 알리
도록. 루이젤 마탑 혼자서 치고 나가는 것을 바라지는 않
겠지. 그리고 란스, 그 고대 유적의 위치가 자유무역연맹
의 북부 도시 리즈 시였지?"

"그렇습니다."

리즈 시는 중부연합왕국과 제레미아 제국 모두의 국경
과 맞닿은 곳이었다.

"이런 곳에서 잘도 제국의 눈을 피해 고대 유적을 발견
하다니, 운도 좋군. 하지만 내가 알아냈으니 그 운도 이제
는 끝이다. 란스, 네가 직접 가라. 내 친위기사단의 단원
7명을 데리고 가도록. 그리고 기간트를 끌고 가는 것을
허락한다. 철저히 그 유적을 부숴라. 자료는 필요 없다.
그리고 근방의 장군들에게 지원을 받도록. 말은 내가 해
놓겠다."

이미 마도시대를 뛰어넘었다고 자부하는 제레미아 제국
이었기에 더 이상의 고대 유적은 무의미하다고 생각하고
있으므로 가능한 명령이었다.

"공작 전하의 명을 받듭니다."

아이반 공작의 친위기사단은 말이 친위기사단이지 결국

은 아이반 공작의 제자들로 이루어진 기사단이라 할 수 있었다. 모두들 소드 엑스퍼트 중급 이상의 경지로 이루어진 실력자들로, 수는 21명이라 많지 않았다. 그런 친위 기사단 7명이면 1/3에 해당되는 과한 전력이었다. 하지만 아이반은 더 이상의 실패를 원하지 않았기 때문에 그런 선택을 한 것이다.

(3)

카젠트 일행은 일어나자마자 루이젤 마탑이 있는 자유 무역연맹 중부에 위치한 렌토스 시를 향해 가기 시작했다. 5인의 마법사는 절대로 카젠트를 다시 보지 않았다.

그를 볼 때마다 떠오르는 잔혹한 살혹은 그들이 가진 마법사의 이성을 흔들기에 충분했다. 항상 이성을 유지해야 하는 마법사들의 입장에서는 정말 최악이라고 할 수 있는 것이다. 그래서 아예 마차도 따로 탔다.

"살려 줬으면 고맙다고는 하지 못할망정…… 어이가 없군."

카젠트가 얼굴을 찌푸리며 말하자 아르젠이 미소를 지었다.

"어쩔 수 없잖습니까? 그러니 좀 살살하시지. 괜히 힘 쓰셔서 저렇게 된 거 아닙니까? 단장님 탓이니 감수하셔야죠."

"오랜만에 하는 몸 좀 풀어 본 거지. 그 정도 상대가 어디 흔한 줄 아냐?"

"그나저나 그놈들, 예전 악마의 숲의 그놈들과 비슷한 것 같던데요?"

아르젠이 그날 본 시신들을 떠올리며 말했다.

그때, 몇몇 시신들이 순식간에 녹아내린 모습은 악마의 숲에서 만났던 의문의 습격자들과 똑같았다.

"내 생각도 그렇지만 우리가 신경 쓸 일은 아니다. 애초에 우리를 노린 것도 아니지 않냐? 그냥 우리가 깽판 친 거지."

"우리라는 말은 빼주십시오. 저나 다른 이들은 그러지 않았습니다."

냉정하게 대답하는 아르젠의 태도에 카젠트의 얼굴이 더욱 일그러졌다. 하지만 그것도 귀찮아졌는지 이내 좌석에 기대는 카젠트였다.

"너희들도 뭐, 다 잘 싸우던데. 그리고 아직은 힘이 넘쳐 나지 않냐? 새로운 힘이 말이야."

카젠트가 그와 같이 탄 아르젠, 카일, 에스톤을 바라보며 말했다. 이 3명이야말로 카젠트 휘하의 기사들 중에서도 가장 상위권의 실력을 자랑하는 기사들이었다. 그런 그들이 카젠트의 말에 모두 쓴웃음을 지었다.

확실히 그들에게 주어진 새로운 힘을 쓰고 싶었다. 한바탕 날뛰고 싶다는 생각이 간절하게 들 때도 있긴 했지만 그들은 참았다.

"참는다는 건 괴로운 거지. 하지만 그 기다림은 오래가지 않을 거다."

그렇게 말하는 카젠트의 눈이 번뜩이기 시작했다. 마치 사고 치기 전에 보이는 눈빛과 동일했다.

"또 무슨 짓을 하려고 그러십니까? 단장님께서 그런 말을 할 때마다 사고가 일어나 두렵습니다만?"

"큭. 내가 굳이 안 일으켜도 일어나게 되어 있단 말이지. 고만고만하던 세 명 중에서 한 명이 잘 나가는 꼴을 다른 두 명이 지켜보겠냐? 절대 그럴 리는 없지. 암, 그렇고 말고."

카젠트는 지금 뒤처진 하이딘 마탑과 제르만 마탑을 두고 하는 소리였다. 확실히 그들이 뒤처지는 것을 바랄 리는 없었다. 어떻게 해서라도 설계도를 공유하고 싶을 것이다.

하지만 그렇다고 해서 힘들게 유적을 발굴해 낸 루이젤 마탑이 그렇게 쉽게 설계도를 주고 싶을 리는 만무했다. 여태까지 치열하게 경쟁하다가 간신히 격차를 벌일 좋은 기회가 아니던가. 그들 사이의 갈등은 이미 필연적으로 정해져 있었다.

"하지만 루이젤 마탑 역시 이를 기밀로 했을 텐데, 그렇게 쉽게 알 수 있을까요?"

에스톤이 카젠트를 바라보며 물었다.

"물론 기밀로 했겠지. 하지만 기밀이라는 게 그렇게 쉽게 지켜지는 건 또 아니거든. 사람이라는 존재는 절대 완벽하지 않다고."

무슨 일이 되었든 아무리 완벽하게 처리하려고 해도 사람이 하는 일의 특성상 완벽하게 비밀로 일을 처리한다는 것은 매우 힘든 일이었다.

특히 고대 유적 발굴과 같은 거대한 사업은 더욱 말이다. 이미 어지간한 고위급에 위치한 사람들은 다 알고 있을 것이다.

"그러니 이미 알 만한 사람들은 다 알고 있다는 것이 정확할 거야. 우리가 도착할 때쯤이면 아마 다른 두 마탑

의 마법사들이 와서 한바탕 날뛰고 있을지 또 누가 알
아?"

　카젠트는 그저 웃으면서 하는 말이었지만 그의 말은 현
실로 이루어졌다.

　"협약을 깨실 생각이오, 나드레 탑주!"

　긴 회색빛 머리와 수염을 자랑하는 한 노인이 여전히
짙은 흑발을 자랑하는 노인을 바라보며 외쳤다. 백발이
성성한 다른 노인 역시 흑발을 가진 노인을 노려보고 있
었다.

　그들은 각각 하르딘 마탑의 이아레스 마르크, 루이젤
마탑의 시아딘 나드레, 제르만 마탑의 루폰스 케논이라는
이름을 가지고 있었다. 자유무역연맹 3대마탑의 탑주들이
모두 한자리에 모인 것이다.

　"협약을 깨다니, 무슨 소리를 하는 건지 모르겠군. 분
명 나는 고대 유적에서 꺼낸 3할을 그대들에게 보여 주지
않았소?"

　시아딘 나드레가 얼굴을 찌푸리며 다른 탑주들을 바라
보았다. 자유무역연맹 3대마탑은 경쟁하는 관계이기도 하
면서 동시에 공존하는 관계이기도 했다. 그렇기 때문에

고대 유적을 발굴하면 3할은 공개하기로 협약을 맺은 상태였다.

협약에 따라 나드레는 탑승자의 마나와 기간트의 마나를 효율적으로 동조하는 마법진과 운동량을 늘릴 수 있는 기술을 모두에게 공개한 상황이었다. 그럼에도 저들은 더 공개하라고 요구하는 것이다.

"그러한 기술이 대단한 것은 인정하지만 가장 중요한 것을 숨기고 있지 않소! 함께 공존하자는 협약을 깰 생각이라는 말이오?"

루폰스 케논이 얼굴을 붉히며 큰 소리로 외쳤다. 그런 루폰스 케논의 반응에 의아해하는 시아딘 나드레.

"무슨 말을 하는 건지 모르겠군. 가장 중요한 것이라니?"

"시치미 뗄 생각이오! 그대가 고출력 기간트의 마나 드라이브 설계도를 얻었다는 것을 이미 알고 있거늘!"

이아레스 마르크 역시 얼굴을 붉히며 외쳤다. 이미 다 알고 있는 사실을 발뺌하고 있는 시아딘 나드레가 가증스럽게 느껴졌다.

그들은 모두 6서클을 마스터한 마법사들. 시아딘 나드레는 더 이상 그들을 속일 수 없음을 깨닫고 한숨을 내쉬었다. 끝까지 기밀로 여기며 지켰다고 생각했는데도 저들의 눈에 걸린 것이다.

"분명 나는 출력 1.5의 기간트 마나 드라이브 설계도를 가지고 있소. 하지만 그대들에게 이것을 발표할 의무는 없지 않소? 나는 분명 협약을 지켰소. 그것은 그대들 역시 잘 알고 있는 사실일 텐데?"

시아던 나드레의 말에 어쩔 수 없다는 듯이 고개를 끄덕이는 두 탑주. 확실히 협약을 지킨 시아던 나드레를 핍박할 이유는 그들에게 없었다. 하지만 그럼에도 1.5 출력의 마나 드라이브 설계도가 그들을 이렇게 나서게 만든 것이다.

출력이 높다는 것이 다가 아니다.

이 사실은 세 사람 모두 알고 있었다. 낮은 출력이라도 운동량을 늘리는 방식으로 개조할 수는 있지만 이러한 방식은 매우 비용이 많이 들어 전용기에 한해서밖에 할 수 없는 것이 현실인 것이다.

차라리 출력을 높이는 것이 싸게 먹힌다고 할 수 있었다. 그렇기 때문에 협약을 지킨 시아던 나드레를 계속해서 물고 늘어지는 것이다.

"하지만 협약 중에서는 공존이라는 조항도 분명히 존재

하오. 그대가 그것을 독점한다는 것은 곧 공존을 깨뜨리는 행위라오. 협약을 어기는 마탑에게는 분명히 그에 알맞은 응징이 있다는 것을 그대가 모르지는 않을 텐데 말이오.”

루폰스 캐논이 전보다 차분해진 얼굴로 시아딘 나드레를 바라보며 말을 했다.

분명히 협약에는 그런 조항이 있었다.

경쟁 관계인 동시에 공존 관계이다.

이 조항을 통해 그들은 외부에서 그들을 핍박하는 수많은 적들을 물리쳐 왔다.

이제 와서 어길 수 있는 조항은 절대로 아니었다.

그것도 자신들의 이기심으로 조화를 해쳐서는 절대 안 되었다.

하지만 그렇다고 이대로 힘들게 얻을 것을 선뜻 내밀 수도 없었기에 더욱 고민하는 시아딘 나드레 탑주였다.

고대 유적을 완전히 발굴하고 고대 기술들을 얻는 데 걸린 시간은 총 15년이었다.

그가 탑주가 된 지 10년이니, 그가 탑주가 되기 전부터 진행된, 말 그대로 탑의 모든 것을 걸고 진행한 일이었다.

그렇게 힘겹게 얻은 것을 이들에게 이렇게 쉽게 넘겨준다는 것은 절대 있을 수 없는 일이었다.

시간이 많이 흘러 다른 탑주들이 사라졌지만 여전히 고민이 많은 시아딘 나드레 탑주였다.

(4)

"탑주님, 라니아 외 4인의 마법사가 모두 귀환했다고 합니다. 그런데……."

수정구를 통한 다른 마법사의 보고에 자리에서 벌떡 일어나는 시아딘 나드레.

드디어 가장 중요한 것을 갖고 있는 그의 제자들이 귀환한 것이다.

하지만 곧 그는 의아해했다.

"그런데라니? 무슨 일이 있나?"

자신만만하게 나선 제자들의 성화에 못 이겨 맡긴 임무였다. 그런 제자들에게 무슨 일이 생겼을 거라 생각하니 벌써부터 식은땀이 흘러내리기 시작했다.

"그건 잘 모르겠습니다만, 꽤 많은 수의 용병을 이끌고 왔습니다. 생명의 은인이라 하던데요?"

"무슨 일이 있었다는 거 아니냐!"

재빨리 창문을 걷어차고 지상으로 낙하하는 시아딘 나드레.

10층이라는 어마어마한 높이에서도 그는 두려워하지 않고 바로 뛰어내린 것이다.

물론 바로 플라이 마법을 시전해서 부드럽게 땅에 설수 있었다.

"스승님!"

5명의 마법사가 이구동성으로 시아딘 나드레를 바라보며 외치더니 달려가기 시작했다.

시아딘 역시 달려가며 자신의 제자들을 껴안았다. 그렇게 감동적인 해후를 하고 난 뒤, 그제야 시아딘은 모여 있는 용병들의 존재를 눈치챌 수 있었다.

"저들이 너희들을 구해 주었다는 그 용병들이냐? 정말고마운 분들이구나."

그렇게 말하는 것과 동시에 순식간에 카젠트 일행의 앞에 모습을 드러내는 시아딘.

5서클 마법 중 하나인 블링크를 이렇게 자연스럽게 하는 것으로 보아 그의 마법 운용 능력이 얼마나 대단한지알 수 있었다.

놀라운 일은 그때 일어났다.

블링크로 일행의 앞에 모습을 드러내는 것과 동시에 카젠트의 검이 시아딘의 목을 겨누고 있었다.

시아딘의 마법을 읽어낸 것이다.

마법을 사용한 시아딘도, 그리고 그것을 지켜보는 제자들이나 다른 마법사도 모두 놀라고 말았다.

블링크는 시야에 보이는 곳을 공간을 접어 이동하는 것이라 어디로 움직이는지 파악하기 힘든 것이 당연한데 일개 용병이라 여겨지는 자가 그의 마법을 파훼한 것이다.

"감히!"

감히 마탑의 탑주에게 검을 겨눈다는 것에 대해 분노한 다른 마법사들이 모두 모습을 드러내며 마법을 준비하였다. 하지만 시아딘이 손을 들어 올리며 그들의 행동을 저지했다.

"그만. 이것은 내가 잘못한 것이다. 그러니 모두 마나를 거둬들여라."

시아딘의 목소리가 크게 울려 퍼지자 모든 마법사들이 그의 말에 따라 마나를 자연의 품으로 돌려보내었다. 시아딘은 묘한 눈으로 카젠트를 바라보았다. 이제 겨우 자신들의 제자와 같은 또래인데도 그의 마법을 읽어내다니.

평범한 이가 아니었다.

6서클 이상의 마법사들이 자연스럽게 뿜어내는 기세 역시 아무렇지 않아했다.

"신기하군, 검사여. 어떻게 내 마법을 읽어낸 것인가?"

카젠트를 바라보며 묻는 시아딘의 눈에는 호기심만이 담겨 있을 뿐, 다른 어떠한 감정도 느껴지지가 않았다. 그런 시아딘의 모습에 감탄한 카젠트는 재빨리 검을 거둬들였다.

"함부로 검을 겨눈 것은 사죄하지. 뭐, 그대의 마법을 읽어낸 것은 가업 비밀이다."

자신의 제자뻘 되는 이가 반말을 함에도 불구하고 거부감이 들지 않는 것을 신기하게 여긴 시아딘이었다.

하지만 카젠트가 그의 움직임을 읽을 수 있던 이유는 간단했다.

그에게는 그가 인식하는 공간 안의 모든 것을 파악할 수 있는 공안이 있었기 때문에 블링크 마법을 읽어낼 수 있었던 것이다.

오직 카젠트만이 할 수 있는 기예였다.

또한 카젠트는 공안을 각성하는 것과 동시에 왕의 힘도

어느 정도 각성한 상태라 이미 한 집단의 수장의 자격을 충분히 칭할 수 있었다. 그렇기 때문에 시아던 역시 거부감을 느끼지 않은 것이다.

"확실히 그러한 것을 물어보면 실례겠지. 이런, 내 제자들의 생명의 은인에게 대할 대접은 아니군. 모두들 들어오게나. 자네들한테 줄 방은 충분하니 말이야."

시아던이 웃으면서 말하더니 곧 하늘 높이 치솟으며 자신의 집무실로 돌아가기 시작했다.

제자들 역시 한 번 카젠트를 향해 돌아보더니 고개를 숙이고 재빨리 스승의 집무실을 향해 종종걸음으로 다가갔다.

몇몇 마법사는 카젠트 일행에게 다가와 그들을 안내하기 시작했다.

마탑은 삼각형 모양으로 일층은 매우 넓고 위로 갈수록 좁아지는 형태였다. 일층에는 수많은 기간트들이 나란히 서 있었고 또 어떤 곳에는 기간트들의 제작이 이루어지고 있었다. 마법사들도 간간이 보였지만 대부분이 엔지니어(마나 드라이브를 제외한 기간트의 모든 부분을 만드는 대장장이)들이었다.

"기간트를 직접 만드는 것을 보여줄 줄은 몰랐군요."

아르젠이 감탄하며 말했지만 대답한 마법사의 목소리는 퉁명스러웠다.

"어차피 봐도 모를 것이니 상관없지요."

그 말에 할 말을 잃은 아르젠이었다.

확실히 그들이 봐도 모를 만했다.

기간트를 제작하는 것은 정말 까다로운 일이기 때문이다.

마나 드라이브를 제외한 다른 부품들을 엔지니어들이 열심히 만들고 마법사들이 만든 마나 드라이브와 합쳐 마법진으로 이를 연결시켜 주어 잘 움직일 수 있게 해야 한다.

말로 설명하는 것은 쉽지만 제작하는 것은 그야말로 치를 떨 정도로 힘들었다.

이런 복잡한 제작 과정을 그들이 본다 하더라도 이해할 수 있을 리가 없었다.

그들은 만드는 자가 아닌 타는 자니까 말이다.

하지만 아르젠은 자신을 당황스럽게 만든 마법사를 노려보았다. 마스터의 기세를 살며시 섞어주며 말이다.

그러자 자신도 모르는 사이에 몸이 굳어버린 마법사가 그대로 넘어져 버리고 말았다.

쿵!

"큭!"

꽤 심하게 넘어졌는지 부딪친 이마가 심하게 부어올랐
다. 마법사가 넘어지는 모습을 보고 나서야 기세를 거둬
들이는 아르젠이었다.

"유치한 놈."

이를 모두 보고 있던 카젠트가 단 한 마디로 평가하자
아르젠의 얼굴이 일그러졌다.

카젠트에게 유치하다는 소리를 들을 줄이야, 그는 잠시
자신의 인생에 대해 회의를 느끼고 말았다.

마법사는 다시 일어나서 일행을 안내해 주었다.

3층이었는데 항상 수많은 손님들이 찾아오는 마탑인지
라 아예 손님들이 머무르고 갈 방마저 따로 만들어놓은
것 같았다. 방은 3명씩 쓰는 것으로, 정하고 총 7개를 빌
렸다.

"돈 굳었군."

마탑 안에서는 손님들에 대한 모든 편의 시설들이 무료(!)
로 제공되었다.

그 사실이 그저 기쁜 카젠트였다.

"무슨 일이 있었던 것이냐? 저런 실력자를 용병으로 데려오다니?"

시아딘은 자신의 집무실에 들어선 5명의 제자를 바라보며 물었다.

그러자 라니아가 대표로 일어나 말을 했다.

"스승님은 그분의 실력이 어째서 대단하다고 생각하시는 겁니까?"

라니아의 당돌하다면 당돌한 질문에 미소를 짓는 시아딘이었다.

"너희들은 스승의 마법을 단숨에 간파하는 존재가 실력이 없다고 생각하는 게냐? 그럼 스승의 입장이 어떻게 되겠느냐?"

시아딘의 질문에 얼굴이 붉어지는 라니아.

확실히 스승님의 마법을 파훼한 이를 실력없다고 비하할 수는 없는 노릇이다. 그러면 스승님 역시 실력없는 존재가 되어버리니 말이다.

"제가 실수를 했습니다. 용서해 주세요."

"용서하고 말 것이 어딨느냐. 그런 실수도 할 수 있는 것이지. 자아, 장난은 여기까지 하고 너희들이 겪은 일을 말해 줘야 하지 않겠느냐?"

시아딘의 말에 마음을 가다듬고 자신들의 겪은 일을 상세하게 말을 하는 라니아였다.

하지만 카젠트의 이름을 언급할 때마다 그녀나 그 이름을 듣는 다른 제자들의 몸이 움찔거렸다. 분명히 그 존재에 대한 공포를 느끼고 있는 모습이었다.

하지만 한창 이야기를 듣다 분노로 떨고 있는 시아딘은 이를 감지하지 못했다.

"감히 누가 내 제자를 건드렸다는 말이냐!"

쿠오오오!

괜히 6서클 마스터가 아니라는 듯 시아딘이 분노하자 그 주변의 마나가 들끓기 시작했다.

그 기세를 이기지 못한 창문이 깨져 나갔다.

"스승님!"

라니아가 외치자 다시 정신을 가다듬는 시아딘이었다.

그의 분노가 제자들의 마나까지 영향을 주었던 것이다. 자신들의 마나가 통제에서 벗어나자 죽을 힘을 다해 통제권을 되찾으려고 노력하는 제자들이었다.

그런 제자들을 바라보며 미안하다는 듯 머리를 긁는 시아딘.

"쩝, 내가 잘못했구나. 그나저나 그 단장이라 불린 남자는 정말 대단한 실력자구나. 오러를 사용할 줄 아는 무사들을 모조리 베어 버리다니 말이다."

카젠트의 실력에 감탄한 시아딘이 고개를 끄덕이며 말했다. 그렇게 카젠트를 칭찬하던 그는 그제야 제자들이 몸을 떨고 있다는 사실을 알아차렸다.

"그가 너희들에게 무슨 짓을 한 것이냐?"

만약 자신의 제자에 무슨 짓을 했다면 단숨에 마법으로 박살 낼 용의가 충분히 있는 시아딘이었다.

그의 제자에 대한 사랑은 지극 정성 및 사랑을 넘어선 수준이다.

"아닙니다. 그는 저희에게 아무런 짓도 하지 않았습니다. 다만……."

라니아가 그런 스승을 만류하며 카젠트에 대한 생각을 스승에게 밝혔다. 그녀의 의견은 그녀나 그녀의 사제들 모두가 공유하고 있는 것이기도 했다.

카젠트의 잔혹성에 대해서 그녀는 열변을 토해냈다. 하지만 시아딘은 그저 고개를 저을 뿐이었다.

"그가 너희들에게 어떠한 느낌을 주었는지는 알 것 같다만, 그것은 분명 잘못된 행동이 아니다."

스승의 말에 인정하지 못하겠다는 표정을 짓는 제자들.

그런 제자들을 인자한 미소를 지으며 바라보는 시아딘이었다.

"대견하구나. 아무리 적의 죽음이라 할지라도 그것이 잘못된 죽음이라고 말할 수 있게 되다니 말이야. 분명 너희들이 죽음의 무게를 알게 되었다는 의미겠지?"

"네."

시아딘의 말에 모든 제자들이 동의를 한다는 듯 고개를 끄덕이며 말을 했다.

"하지만 분명한 것은 그것은 결코 잘못된 일이 아니다. 잔인하다는 것 역시 옳은 표현은 아니지. 너희들 말에 따르면 그는 혼자서 싸운 것이 아니냐? 그런 그가 이기기 위해서라면 적에게 압도적인 공포를 주면서 싸울 수밖에 없다. 그래야만 적들의 사기가 꺾여 움직임이 둔해질 것이니 말이다. 그는 그러한 것을 잘 알고 있는 것 같구나."

그렇게 말을 하면서 카젠트의 행동에 대한 정당방위를 대신 설명해 준 시아딘이었지만 카젠트에 대한 호기심이 다시 들끓기 시작했다.

자신의 마법을 단숨에 파훼하고 살인을 경험한 다른 제자들에게 트라우마를 남겨줄 정도의 실력자라니. 그것도 검을 든 존재가 말이다.

"너희들은 자신의 방에 돌아가서 쉬거라. 오랜 여정으로 피곤하겠구나. 그리고 이것을 무사히 들고온 것도, 그리고 너희들이 무사히 돌아온 것도 정말 기쁘구나."

스승의 말에 환하게 웃으며 몸을 숙여 인사를 하고 자신의 방으로 돌아가는 제자들이었다.

"로크 자식 이외에도 그런 놈이 있었단 말이지. 흥미롭군. 아무래도 한 번 더 진지하게 만남을 가질 필요성이 생기는군."

그렇게 말을 하며 시아딘 역시 자신의 집무실에서 떠났다. 지금 그에게는 협약 위반에 대한 생각도 없었고, 오직 카젠트에 대한 호기심뿐이었다.

(5)

시아딘 나드레의 장점은 행동이 빠르다는 것이다. 나쁘게 말하면 성격이 급하다고 할 수 있지만 그는 자신의 그런 단점마저 장점으로 소화시킨 남자인 것이다. 그 행동대로 그는 순식간에 카젠트의 앞으로 다가왔다.

하지만 이미 카젠트는 마나의 파동으로 인해 그가 다가

오고 있다는 사실을 눈치챌 수 있었다.

쉬엑!

아르젠의 검이 휘둘러지는 순간, 카젠트가 자신의 검을 출수하여 아르젠의 검을 튕겨 냈다.

"진정하라고. 여기에 이렇게 올 수 있는 사람은 한정되어 있으니까."

카젠트가 웃으면서 말하자 아르젠이 시아딘을 향해 고개를 살짝 숙이더니 자신의 검을 집어넣었다.

그런 아르젠을 보며 감탄하는 시아딘이었다.

그의 오랜 경험에 저렇게 깔끔하게 검을 뽑아 휘두르는 검사는 그리 많지 않았다.

"그대들은 볼수록 대단하군. 그대 역시 대단하다고 생각했는데 그 수하 되는 존재까지 이런 검술 실력을 가지고 있다니."

시아딘의 말에 아르젠과 카젠트가 살짝 미소를 지었다.

그들로서도 연륜 깊은 마법사의 진심 어린 감탄은 좋게 들려왔던 것이다.

아르젠이 자리에서 일어나 비켜 주자 시아딘이 자연스럽게 자리에 앉았다.

그들은 한 집단의 수장 대 수장의 관계로 만난 것이다.

"그래, 무슨 일로 온 거지?"

"내 제자들한테 좋은 경험을 시켜줬더군?"

"생명을 구해준 은인인데 말이지. 안 그러면 그 사랑하는 제자들 다 죽었을 거다."

시아딘의 말에 카젠트가 가볍게 대꾸했다.

그때, 시아딘이 손을 휘두르자 빛이 나며 카젠트를 휘감았다.

아무런 적의가 없다는 것을 알았지만 카젠트는 가볍게 자신의 마나를 운용하여 이질적인 마나를 그대로 튕겨 냈다.

"믿을 수 없군. 내 마법을 이렇게 쉽게 튕겨 낼 수 있다니. 그 나이에 벌써 나의 경지[Class]와 엇비슷한 성취를 이루었단 말인가?"

놀라서 자리에서 벌떡 일어나는 시아딘.

저 나이에 저런 존재가 있을 수 있다는 사실 자체가 경이롭다고 할 수 있었다.

마나 장악력이 뛰어난 마법사를 튕겨 낼 수 있을 정도로 자신의 마나를 잘 조종하는 기사의 존재는 극히 드물기에 시아딘이 깜짝 놀라는 것이다.

"뭘 이 정도를 가지고."

카젠트의 미소에 침착함을 되찾은 시아딘이 자리에 앉았다.

그는 이제 완전히 카젠트를 자신의 동급으로 인정했다. 아직도 믿기지는 않지만 저 눈앞의 손자뻘 되는 청년은 자신과 비슷한 경지의 검을 가지고 있는 존재. 그런 존재를 함부로 대할 수는 없는 노릇이었다.

"그래, 무엇을 알고 싶어 친히 찾아온 거지? 불렀으면 내가 갈 수도 있었는데 말이지."

그 정도는 충분히 감수해 줄 용의가 있었던 것이다.

"그럴 수는 없지. 제자의 생명의 은인을 그렇게 대접해서야 쓰나. 궁금한 게 있었지만 오늘 그대의 실력을 보고 그 궁금증은 사라졌지. 자네야말로 이 마탑에 나를 볼 일이 있다고 들은 것 같은데?"

"내가 원하는 것은 기간트다. 그것도 좋은 기간트. 일단 10기 정도면 충분해."

"그럴 돈은 없는 것 같은데."

시아딘이 웃으면서 말하자 카젠트가 살짝 얼굴을 찌푸리더니 다시 얼굴을 폈다.

그의 얼굴에서 묘한 미소가 피어올라 시아딘을 의아하게 만들었다.

"물론 돈은 별로 없지. 그 사실은 인정하지만 나한테는 이것이 있거든."

카젠트가 주머니 속에서 최상급 마나 스톤을 꺼냈다.

꺼내자마자 방 안이 마나 스톤의 마나로 뒤덮이는 것을 느낀 시아딘이 다시 경악하고 말았다.

카젠트가 자신의 마나를 튕겨 냈을 때보다 더 큰 충격이었다.

"최, 최상급 마나 스톤!"

대륙에서 가장 비싸고 희귀한 자원이 그의 눈앞에 떡하니 나타난 것이다.

실물로 보는 것은 그 역시 처음이었다.

하지만 '그냥 있겠지'라고 여긴 것이 실제로 나타나자 한순간 그의 이성이 멍해졌다가 재빨리 수습했다.

"이 정도면 충분하겠지?"

"물론 되지."

더 말할 것도 없었다.

사실 카젠트가 조금 더 이득이긴 하지만 실제로 보는 최상급 마나 스톤을 보면서 흥정할 생각이 사라진 시아딘이었다.

저것만 있으면 그들은 한층 더 높은 수준의 기간트를

만들 수 있었다. 굳이 출력 2.0이 아니더라도 그들의 한계라 할 수 있는 1.3을 깰 수 있는 것이다. 아니, 1.3이 문제가 아니었다.

그들 역시 대륙에서 자랑하는 명품을 만들 수 있게 되는 것이다.

물론 많은 시간이 걸리겠지만 현재 출력 1.5의 마나 드라이브가 있으니 충분히 시도해 볼 만한 가치가 있었다.

"시원시원하군."

아무리 사이딘이라 하지만 이 사안은 그 혼자서 처리하기에는 건수가 컸다.

본래대로라면 다른 원로 마법사들과 논의를 거쳐야 하는데, 사이딘은 바로 그 자리에서 거래를 선언한 것이다.

마법사들은 결코 거짓을 말해서는 안 되는 존재.

말 한 마디, 한 마디가 마나의 힘을 내포하고 있기 때문에 거짓을 말하는 마법사들은 힘이 갈수록 줄어든다.

그런 면에서 거래를 선언한 사이딘을 믿을 수 있었기 때문에 카젠트는 바로 그 자리에서 최상급 마나 스톤을 건네주었다.

"그대야말로."

아무리 그렇다 할지라도 최상급 마나 스톤을 군말없이 넘겨 주는 카젠트의 배포에 감탄을 표현하며 마나 스톤을 쥐는 사이딘이었다.

"기간트는 언제 넘겨주면 되지?"

"빠르면 빠를수록."

"내일쯤으로 인도할 수 있게 조치를 취해놓겠네."

서로 마음이 맞자 통쾌하게 웃는 카젠트와 사이딘.

둘 사이에서 더 이상 나이는 아무런 문제도 될 수 없었다.

아르젠이 그런 두 사람을 보며 고개를 저었다. 나이만 다를 뿐, 둘은 비슷한 종류의 인간들이었던 것이다.

사이딘이 자리에서 일어나더니 곧 다시 자신의 집무실로 돌아가 모든 원로 마법사들을 불러 모았다.

이렇게 한 번에 모두를 불러 모으는 것은 잘 일어나는 경우가 아니라 일단 밖에 있는 원로 마법사 2명을 제외하고는 5명의 원로 마법사가 모두 모였다.

"무슨 일이오, 탑주? 이렇게 모두를 모이게 하다니 말입니다."

원로 마법사들은 나이가 제각각인데, 탑주의 스승뻘 되

는 원로 마법사도 있었고, 탑주보다 조금 더 어린 원로 마법사들 역시 있었다. 그래서 그들은 서로에게 존대를 하는 입장이었다.

그런 원로 마법사들을 모두 둘러보며 사이딘이 최상급 마나 스톤을 꺼냈다.

마나 스톤이 가지고 있는 방대한 양의 마나에 원로 마법사들은 바로 그것이 최소한 상급 이상의 마나 스톤임을 깨달을 수 있었다.

하지만 사이딘의 말에 더욱 놀라고 말았다.

"최상급 마나 스톤입니다."

"헉!"

"어, 어찌 그런 귀물을!"

자신과 전혀 다르지 않은 반응에 슬며시 미소를 지은 사이딘이 다시 입을 열었다.

"오늘 제 제자들이 먼 길에서 돌아올 수 있었습니다. 그리고 목숨을 위협당하는 일까지 있었는데, 다행히 좋은 용병들이 그 녀석들을 지켜 주었더군요. 지금 저희 탑에서 쉬고 있습니다. 그런데 단장이라는 자가 이것을 주며 거래를 제안했습니다. 이것과 저희 마탑의 쓰론 10기와 교환을 하자고 말입니다."

"그 정도면 합리적인 가격이라 할 수 있겠군."

루이젤 마탑에서 가장 나이가 많은 달프간 루크의 말에 모두가 고개를 끄덕였다.

쓰론 한 기가 대충 4천 골드였으니 10기면 총 4만 골드였다. 이 정도면 일반인들은 평생을 바쳐도 다 사용할 수 없을 정도의 금액이었다.

동부 대륙의 국가들의 1년치 예산이라 할 수 있을 만한 금액.

최상급 마나 스톤 하나가 그렇게 비싸냐고 물을 수 있지만 다른 곳에 간다면 더 비싼 가격으로도 팔 수 있기 때문에 기간트 10기를 결코 아깝다고 생각하지 않았다.

다른 원로 마법사들의 반응 역시 마찬가지였다.

모두들 처음 보는 최상급 마나 스톤에 단단히 마음을 빼앗긴 상태였다.

"만장일치로 넘어가니 다행이군요. 그러면 저들에게 쓰론 10기를 건네주도록 하겠습니다. 보관소에 만들어 놓은 기간트들은 제가 알기로 15기 정도인데, 가능하겠지요? 다른 주문은 아직 없는 걸로 알고 있습니다만?"

사이딘의 말에 모두가 고개를 끄덕였다.

어서 빨리 최상급 마나 스톤를 가지고 연구하고 싶다는

생각으로 가득 찬 그들이었다.

"그럼 내일 아침 그들에게 인도를 하겠습니다. 그리고 오늘에서야 설계도가 돌아왔으니 모두들 제대로 연구를 해 봅시다."

사이딘이 손을 휘두르자 복사한 출력 1.5의 마나 드라 이브 설계도가 공중에 떠오르더니 원로 마법사들의 앞에 내려진다.

"오오, 요즘 들어 마탑에 복이 많군요. 발전을 위한 모든 것들이 순식간에 들어오니 말입니다."

다른 원로 마법사의 말에 모두들 고개를 끄덕였다.

이래저래 연구로 밤을 새는 마법사들이었다.

카젠트 일행들은 다음 날 아침이 되자 깜짝 놀라고 말았다. 탑 안에 위용을 드러내고 있는 쓰론 10기 때문에 말이다.

혹시나 싶었지만 정말 이렇게 빨리 넘길 줄은 몰랐던 것이다. 라니아가 그의 사제들과 함께 기간트를 넘기기로 정해졌다.

"자아, 자아! 일단 넘어온 것은 넘어온 거니까, 소란 떨지 마라."

카젠트의 말에 조용해지는 일행들.

"일단 라이더는 실력순으로 정하겠다. 나, 아르젠, 카일, 미켈란, 제롬, 에스톤, 가르딘, 반테스, 로미어, 켈라이넨. 이렇게 10명이다.

모두들 소드 엑스퍼트 상급을 넘은 경지, 말 그대로 일행 중에서 가장 강한 10명인 것이다.

카젠트가 모두에게 지정을 해 주며 탈 기간트를 결정했다.

그리고 루이젤 마탑은 그런 카젠트 일행이 가지고 갈 수 있게 컨테이너 웨건(기간트를 보관하고 이동시키는 데 도움을 주는, 자동으로 움직이는 마법으로 만들어진 수레)까지 제공을 해 주었다.

"탑주님에게 감사하다는 말을 전해 주십시오."

아르젠이 라니아와 그녀의 사제들을 바라보며 고개를 숙였다.

라니아와 그녀의 사제들 역시 정중하게 아르젠에게 고개를 숙였다. 그리고 라니아는 물론, 그녀의 사제들이 이번에는 카젠트에게 인사를 했다.

"생명의 은인에게 감사의 인사가 너무 늦었습니다. 죄송하고, 또 감사합니다."

이런 인사는 카젠트도 의외였는지 살짝 당황하며 손가락으로 뺨을 긁었다.

"뭐, 그런 것 가지고. 인사는 받아들이지."

 그렇게 말을 마치고 루이젤 마탑을 떠나는 일행이었다.

13장

의뢰

(1)

"믿을 수가 없군요."

리안나가 얼굴을 찌푸리며 싱글벙글 웃고 있는 카젠트를 노려보았다.

가지고 있는 기간트를 등록하기 위해 렌달 시의 용병 길드 지부를 찾은 것이다.

리안나는 이제 막 용병을 등록하고 만들어진 용병단이 벌써부터 기간트를 10기나 가지고 있다는 사실이 믿겨지지가 않는 듯 계속 카젠트를 노려보았다.

물론 용병왕 로크 블레미어의 썬더버드 용병단에는 총

50기 정도의 기간트가 있었다. 그리고 그 밑의 많은 용병
단들 중에서도 수십 기의 기간트를 가지고 있는 용병단도
있었다(굳이 자유무역연맹뿐만 아니라 대륙 전체로 따져
보았을 때).

하지만 그들 역시 처음에는 맨몸으로 시작해서 그렇게
키울 수 있었지, 결코 카젠트처럼 시작할 때부터 기간트
를 끌고 나아가는 용병은 찾아볼 수 없었다.

"믿을 수 없더라도 믿어야지. 나까지 이렇게 10명이
라이더로 등록을 하겠다."

기간트를 조종할 수 있는 키를 꺼내 들며 말하는 카젠
트.

여태까지 많이 봐왔기 때문에 그것이 가짜가 아니라는
것을 알고 있었고, 혹시나 싶어서 직접 움직여서 확인까
지 한 윌리 덕분에 리안나는 믿을 수밖에 없었다.

윌리도 불신 어린 표정으로 카젠트를 노려보고 있었다.

전원 A급으로 이루어진 용병단이었지만 기간트가 없어
서 아직까지는 용병단 서열 30위권 밖이었지만, 10기의
기간트를 등록함으로써 끝에나마 서열 20위 안에 들어왔
다(서열 10위 이상부터의 용병단들은 30기가 넘는 기간
트를 가지고 있으며 이는 어지간한 영지들을 능가하는 전

력과 가지고 있다).

　마지못해 10명의 일행을 모두 라이더로 등록해 주는
리안나.

　"용병 라이더는 모두 몇 명이나 되지?"

　카젠트가 물었지만 리안나는 싸늘하게 그를 노려볼 뿐,
아무런 말도 하지 않았다.

　그러한 중요한 사항을 말할 수는 없었다.

　카젠트 역시 정확한 답을 기대한 것이 아니었다.

　"우리도 명실상부 A급의 용병단이 됐는데 말이지. 그
래서 그런데 뭐 좀 좋은 의뢰 없나?"

　카젠트의 물음에 손가락으로 한 지점을 겨누는 리안나.

　그곳에는 빽빽하게 적힌 의뢰표가 다양한 등급별로 정
해져 있었다.

　"뭘 하는 게 좋겠냐?"

　아르젠과 카일을 바라보며 묻자 두 사람 역시 의뢰표를
읽어 내려가기 시작했다.

　개인별로 받는 의뢰도 있었고, 용병단째로 받는 의뢰도
있었다.

　뭐, B급 이상의 용병단을 요구하는 의뢰는 모두 전쟁과
관련된 의뢰였지만 말이다.

"어떤 것이 좋으십니까? 천천히 세력을 키우고 싶으십니까, 아니면 단숨에 키우고 싶으십니까?"

용병단의 단원들을 모집하려면 용병단에 어느 정도 명성이 있어야 가능했다. 명성이 없는 용병단에는 지원자들이 거의 없었다. 있어도 아주 초짜들에 불과했다.

"내 성격 알잖아?"

카젠트의 말에 한숨을 내쉬는 아르젠.

물론 카젠트의 성격은 잘 알고 있었다. 아르젠이 꺼낸 것은 동부 대륙의 오대국가 중 하나인 라레스 왕국의 한 영지의 구원 요청이었다.

의뢰 등급은 무려 A였다.

"제이드 드 세이칼이라…… 용병단을 구할 정도로 급한 상황이라는 건가?"

동부 대륙의 귀족들은 봉건적인 사고에 사로잡혀 있어 용병들의 존재를 어지간해서 인정을 하지 않았다. 상업이 발전했지만 국력이 약한 제이렌 왕국 정도만이 용병들의 존재를 인정하고 있지만 다른 4개의 국가들은 용병들의 존재 자체를 인정하지 않는 경향이 강했다.

그래서 용병단이 기간트를 소유하면 바로 뺏으려고 했다. 지금은 용병왕 로크 블레미어라는 존재로 인해 그러지 못하지만 말이다.

그래도 용병단들을 선호하지 않는 경향은 변하지 않았다.

그런데 그런 동부 대륙의 국가 중 하나인 라레스 왕국 출신의 귀족이 용병단을 요청할 정도면 정말 궁지에 몰려 있는 상황이라 할 수 있었다.

"재미있다는 느낌이 확 오는군. 카일, 너도 괜찮나?"

"예, 저는 상관없습니다."

카젠트는 미소를 지었지만 리안나는 말도 안 되는 소리를 들은 듯 얼굴이 일그러지더니 둘의 대화에 끼어들었다.

"저희 역시 그 의뢰를 신기하게 여기긴 했습니다만, 상대를 잘 보세요, 상대를!"

상대는 알렉시아 드 나우 후작으로 되어 있었다.

"이 사람이 누군데?"

'정말 나는 몰라요'라는 표정을 지으며 리안나를 바라보는 카젠트.

그녀는 갑작스레 몰려오는 두통에 머리를 부여잡고 말았다.

"알렉시아 드 나우 후작은 라레스 왕국에서 가장 부유한 귀족 중 하나예요. 본인 역시 엑스퍼트 중급의 경지에 오른 기사이지만, 그는 그 자신이 가진 부와 왕실에서 받은 허가서로 무려 30기의 기간트를 가진 대귀족이라고요. 그 휘하 기사들 역시 매우 강하고 말이죠."

잠시 숨을 가다듬은 리안나가 다시 말을 잇기 시작했다.

"반면, 제이드 드 세이칼 백작은 이제 겨우 24살로, 백작 위에 오른 지 이제 2년밖에 지나지 않았어요. 본인은 소드 엑스퍼트 하급에 오른 검술에 재능이 있는 인재지만, 안타깝게도 그의 가문은 이미 멸문 직전이에요."

잠시 숨을 가다듬고 다시 열변을 토하기 시작하는 리안나.

"전대 백작은 이미 알렉시아 드 나우 후작과의 영지전에서 패해 영지의 2/3를 잃어버렸죠. 마무리를 짓기 위해 알렉시아 드 나우 후작이 이번에 영지전을 다시 일으킨 것이고, 제이드 드 세이칼 백작은 어떻게든 살아남으려고 의뢰를 신청했어요. 돈은 어느 정도 남아 있는 모양이지만 그것도 곧 없어지겠죠."

세이칼 가문 역시 한때 부유한 영지였다. 매우 영토가 비옥하여서 매년 풍년과 같은 수확을 거둘 수 있었고, 백작은 영지민들이 다 먹고 남은 양만을 팔았음에도 항상

부를 늘릴 수 있었다. 지금 돈은 다 그때 벌어둔 것이다. 그 영지의 별명은 여신의 축복을 받은 영지였다.

"그래도 지금은 선금을 지불할 능력이 있을 거 아닌가? 이 의뢰표, 대충 일주일 동안 걸어놓지 않나?"

"물론 그렇죠. 영지전은 한 달 후에 시작하거든요. 아시는지는 모르겠지만 영지전이라는 건 그 나라 국왕의 허락도 맡아야 하니 말이죠. 그동안 어떻게든 전력을 모으려고 하는 것 같아요."

리안나는 자신이 알고 있는 것을 모두 말해 주었지만 카젠트는 오히려 흥미롭다는 표정을 지을 뿐이었다.

카젠트는 하지 말라고 할수록 더욱 불타오르는 성격이었던 것을 모르는 리안나의 불찰이었다.

"이 의뢰를 맡도록 하지. 의뢰자는 어디에 있지?"

"후우, 정말 후회해도 저는 몰라요. 분명히 저는 알려 줄 것을 다 알려 줬어요. 나중에 저에게 뭐라고 탓하지 마세요."

"그런 걱정은 불필요해. 이 몸은 그런 식으로 책임을 회피하는 인간이 아니니까. 의뢰자나 어서 불러오라고."

카젠트의 자신만만한 태도에 고개를 젓는 리안나.

자신만만한 것인지, 아니면 자만심이 극에 달한 것인지

그녀로서는 뭐라 표현할 방법이 없는 남자가 바로 카젠트였다.

그런데 이상한 것은 저런 무리한 의뢰를 선택했음에도 불구하고 그의 단원들이 전혀 불평하지 않고 있다는 점이다. 아니, 자신의 의견 하나 말하지 않고 있었다.

'저 남자에게 무언가 믿을 구석이라도 있다는 말인가? 이해할 수가 없네.'

한숨을 내쉬며 리안나는 자신의 옆에 있는 용병에게 의뢰자를 데리고 오라고 말했다.

그렇게 몇 분 지나지 않아 누군가가 뛰어오는 소리가 들려왔다.

쾅!

문이 거칠게 열리며 카젠트나 아르젠과 비슷한 나이대의 여인이 모습을 드러냈다.

"정말 의뢰를 받아들인 용병이 있단 말이죠?"

여인은 급하게 뛰어왔는지 숨을 헐떡이며 리안나를 바라보았다.

"이분이 바로 의뢰를 받아들인 피닉스 용병단의 단장인 카젠트님입니다."

리안나의 소개에 불신 어린 표정으로 카젠트를 바라보

는 여인.

"지금 저랑 장난치시는 건가요? 저는 분명 수준 높은 용병단을 원했어요. 한데 저는 피닉스 용병단이라는 이름을 지금껏 한 번도 들어보지 못했습니다."

"예. 분명히 신생 용병단입니다만, 그렇다고 무시할 수 있는 용병단은 아닙니다. 단원 수는 아직 21명으로 부족하지만, 전원 A급이고 기간트도 무려 10기나 보유하고 있습니다."

리안나가 보충 설명을 해 주었지만 여인은 더욱더 불신 어린 표정을 지을 뿐이었다.

그녀의 나이 이제 22세.

그녀 역시 검술을 익힌 상태였기에 A급 용병의 의미를 잘 알고 있었다.

소드 엑스퍼트 하급.

진정으로 검을 들기 위한 자격이 되는 이들을 의미하는 경지였다.

그렇기에 자신과 비슷한 나이로 보이는 이가 A급 용병이라는 말을 그녀는 쉽게 믿을 수 없었다. 자신의 오라버니와 같은 천재성을 가진 이가 있을 거라고는 믿기 힘들었다.

"너무 무시하는군. 당당히 패도 들고 있는데 말이지."

카젠트가 용병패를 들며 말했다.

패에는 라이더 자격증마저 새겨져 있을 정도였다.

이쯤 되니 아무리 그녀라도 더는 무시할 수 없었다. 하지만 그녀도 따져야 할 일이 있었다.

"저는 아렌시아 드 세이칼입니다. 한 사람의 당당한 귀족에게 그런 말투는 무례합니다."

"어이가 없군. 작위를 받은 것은 당신의 오라버니지, 당신이 아니라고."

카젠트가 피식 웃으면서 말하자 아렌시아가 검을 뽑아 카젠트에게 겨누었다.

(2)

"나에게 검을 겨눈다는 게 어떤 의미인지는 알고 있나?"

카젠트가 아렌시아를 비웃으며 말하자 아렌시아는 자신도 모르게 검을 내질렀다.

덥석.

하지만 카젠트는 두 손가락으로 아렌시아가 내지르는

검을 잡았다.

자신의 검을 이렇게 쉽게 무력화시키다니.

아렌시아는 당황해서 검을 뽑으려고 했지만 검은 전혀 움직이지 않았다.

"까불지 말라고, 귀족 영애 아가씨. 여기는 자유무역연맹이야. 그 누구도 여기서 신분을 따지고 드는 사람은 없어. 여기는 네가 공주처럼 지내던 동부 대륙이 아니야. 그 점 명심하라고."

그렇게 말을 마치고 검을 놓는 카젠트였다.

"그럼 계약을 해야겠지?"

카젠트가 아무렇지도 않다는 듯이 말을 하자 아렌시아는 카젠트를 노려보면서도 자리에 앉았다.

그녀 역시 더 이상 다른 용병단을 구하는 것이 힘들다는 사실을 알고 있었다. 이런 상황에서 카젠트 같은 실력자가 이끌고, 거기에 기간트 역시 10기나 보유한 용병단을 구한 것 자체가 기적이었다.

공증인은 리안나였다.

"선수금은 오천 골드입니다. 영지전에서 버티면 다시 오천 골드가 늘어납니다. 그리고 만약 이길 시에는 만 골드가 늘어나 총 2만 골드가 지급됩니다."

냉정하게 말을 맺는 아렌시아.

"정말 돈이 있기는 한 건가?"

카젠트의 물음에 주머니를 꺼내는 아렌시아.

주머니에는 수표가 가득했다.

"스태인 은행에서 발행한 것입니다. 이러면 믿으실 수 있습니까?"

아렌시아의 도전적인 물음에 가볍게 고개를 끄덕이는 카젠트.

리안나 역시 옳은 말이라는 듯 고개를 끄덕였다.

"기간은 일단은 영지전이 정확히 발생한 날짜로부터 한 달입니다. 그 이후는 다시 계약을 갱신하겠습니다."

리안나가 용병들의 계약 절차를 말했다.

용병단들의 기본 계약 기간은 한 달이었고, 그 이후부터는 계약을 갱신해서 다시 설정해 놓는 방식이었다.

카젠트에게 많이 불리한 계약이었지만 카젠트는 어떠한 불평도 하지 않았다.

이미 그가 선택한 길. 이 정도 불리함은 가볍게 안고 갈 수 있었다.

이동은 3일 후에 시작되었다.

그래도 아렌시아가 많은 돈을 들고 왔던지 꽤 많은 수

의 용병들을 데리고 올 수 있었다. 그중에는 기간트 라이 더마저 있을 정도였다.

물론 다 용병단에 소속된 용병이 아니라 홀로 움직이는 용병들이었지만 말이다.

용병단은 오직 피닉스 용병단 하나뿐이었다.

"그래도 노력이 가상하긴 하군. 어떻게든 가문을 살리려고 노력하니 말이야."

카젠트가 5명의 기사의 호위를 받은 채 당당하게 말을 타고 걸어가는 아렌시아를 바라보며 말을 했다.

그는 수하들과 함께 뒤에서 걸어가고 있는 중이었다.

끊임없이 기간트를 살펴봐야 하기 때문에 굳이 말을 사지 않은 것이다. 쉴 때도 컨테이너 웨건 근처에서 쉬었다.

"자신의 가족, 영지, 영지민들을 살려야 하니까 말이죠. 그래도 동부 대륙 국가 출신치고는 꽤 영지민들의 평판이 좋다고 합니다."

아르젠의 말에 고개를 끄덕이는 카젠트.

그때, 그런 그를 향해 한 용병이 다가왔다.

키는 대략 1m 90cm 정도 되어 보이고 몸집 역시 컸지만 둔하기보다는 날렵하게 보이는 용병이었다. 등에 차고 있는 글레이브가 인상적이었다. 나이는 이제 한 30대

초반으로 보이고 꽤 순박한 인상이었다.

"네가 저 기간트들의 주인이냐?"

다짜고짜 반말로 따지고 드는 남성의 말에 카젠트가 웃으며 고개를 끄덕였다.

"라이더들은 따로 있지만 저것들이 내 용병단 소속이니 틀린 말은 아니니까 주인이라 할 수 있겠군."

"돈이 넘치는 철부지 애송이인가? 기간트만 많으면 다 인 줄 아나 보지? 제대로 조종도 하지 못하는 이에게 기간트는 사치다."

그 용병은 왠지 짜증난 상태로 보였다. 하지만 카젠트는 수하들을 제외한 상대방의 감정 상태에 별 관심이 없었다.

그래도 상대가 이미 누구인지는 알고 있었다.

계약한 용병들을 사전 조사해 온 아르젠 덕분이었다.

눈앞의 용병은 A급인데다가 라이더이기도 했다.

"당신 역시 기간트 라이더라는 것은 잘 알고 있다고. 전장의 붉은 곰."

카젠트의 말에 용병의 얼굴에 미소가 피어올랐다.

붉은 곰 길포드.

하르딘 마탑의 레드 베어를 조종하며 수많은 전장에서

총 12기의 기간트를 베어 넘기고 살아남은 베테랑 용병 중 한 명이었다.

"신생 용병단이라는 것은 알고 있다. 하지만 전쟁을 장난으로 생각하면 곤란하다."

"무시하지 마시지. 당신처럼 나 역시 A급 용병패를 받은 인간이라고."

카젠트가 자신의 용병패를 꺼내 보이며 말을 한다.

그러자 피식 웃는 길포드.

"같은 A급이라고 실력이 동급이라는 것은 아니지. 전장을 한 번도 경험하지 못한 주제에 말이다."

사실 그가 카젠트에게 시비를 거는 이유는 단순했다.

그는 여태까지 10년을 용병으로 살아왔지만 한 번도 자신만의 용병단을 이끌어 본 경험이 없었다. 자신만의 용병단을 만드는 것이 꿈이었지만 그의 성격적인 문제로 단원들이 모였다가 금방 탈퇴를 하곤 했다. 그런데 자신보다 훨씬 어려 보이는 카젠트가 기간트가 무려 10기나 되는 용병단을 이끌고 있으니 질투가 났던 것이다.

"글쎄, 전장을 경험하지 못했다란 말이지?"

사실 인간들과의 전쟁은 제대로 경험해 보지 못한 것은 인정했다. 이제껏 겨우 한 번뿐이니 말이다. 하지만 그는 악마의 숲에서 몬스터들을 상대로 싸워 왔다. 인간들보다 훨씬 흉포한 존재들을 상대로 검 하나만을 들고 싸운 경험이 있다. 그것도 무려 5년 동안이나.

그런 그에게 경험이 없다는 것은 말도 안 되었다. 니퍼트 시가 불타오를 때, 그놈들과 싸운 적이 있지만 그것 하나뿐이라면 분명 경험 부족이다.

"마음에 안 드는군."

자신을 무시하는 어조에 카젠트가 활짝 웃으며 말을 했다. 길포드를 어떻게 요리할지 고민하는 것 같았다.

그때, 켈라이넨이 카젠트 대신 자리에서 일어났다. 용병단에서 제일 과묵하지만 10명의 라이더 중 한 사람임과 동시에 소드 엑스퍼트 상급의 경지에 오른 검사이기도 했다.

그의 나이는 30세로, 카젠트 휘하 중에서는 제일 나이가 많았다. 그 덕에 카젠트 역시 그를 존중하고 있었다.

"제가 하겠습니다."

"호오, 네가?"

그렇다고 반말을 하지 않는다는 것은 절대로 아니었다.

켈라이넨 역시 글레이브를 다루는 검사로, 체격 역시 상당해 길포드와 거의 엇비슷했다. 카젠트는 켈라이넨을 바라보더니 고개를 끄덕였다.

대신 나가도 좋다는 것을 허락한다는 뜻이었다. 길포드 역시 그런 켈라이넨을 흥미 어린 표정으로 바라보고 있었다.

그때, 한 기사가 다가왔다.

"한참 길을 가고 있는데 날뛰지 마라."

완전히 용병들을 무시하는 말투이기는 했다. 사실 저게 동부 대륙에서 보여 주는 용병에 대한 정상적인 반응이었다. 모든 용병들에게 존대를 하는 아렌시아라는 존재가 특이한 것이다.

"항상 있던 일입니다, 기사 나리."

길포드가 얼굴을 찌푸리며 기사에게 말을 걸었다.

그의 말대로 서로 다른 출신의 용병들이 만나서 가장 먼저 하는 것이 바로 서열을 정하는 일이었다.

"아가씨께서는 소란을 원치 않는다."

차가운 표정을 유지한 채 길포드를 노려보는 기사.

"저는 상관없습니다, 제이크 경. 그것이 용병들의 규칙이라면 말입니다."

어느새 말을 타고 다가온 아렌시아가 일행들을 바라보며 말을 했다. 아렌시아는 기사들의 존경을 제대로 받고 있는지 아렌시아의 말에 단 한 마디도 불평하지 않고 바로 물러나는 기사들이었다.

'호오?'

여자의 몸으로, 그리고 어린 나이에 기사들을 완전히 휘어잡은 아렌시아의 모습에 감탄을 하는 카젠트였다.

그러고는 켈라이넨을 바라보더니 입을 열었다.

허락도 받았겠다, 더 이상 거리낄 것은 없었다.

"박살 내도록."

"명을 받듭니다."

검을 세워 대답한 켈라이넨이 다시 검을 내리며 길포드를 바라봤다.

그런 켈라이넨을 어이없다는 표정을 지으며 바라보는 길포드.

자신이 누구더란 말인가. 바로 전장의 붉은 곰이라 불릴 정도로 유명한 용병이었다. 그런 자신을 박살 내 버리라는 명령은 뭐고, 그걸 또 받아들이는 놈은 뭐란 말인가.

그는 분노했다.

"네놈들의 주제를 내가 직접 가르쳐 주겠다."

(3)

켈라이녠과 길포드가 서로를 응시하며 견제했다.

켈라이녠은 쯔바이핸더를, 길포드는 글레이브를 들고 서로를 향해 겨눴다.

둘 모두 양손 대검을 사용하는 검사들.

그렇게 마주 보더니 곧 상대방을 향해 달려들었다. 시작부터 두 사람은 강하게 검을 휘둘렀다.

그렇게 검과 검이 맞부딪치는 순간, 두 사람은 약속이라도 한 듯 동시에 힘을 주어 힘겨루기에 들어갔다.

힘은 길포드가 더 센 듯 켈라이녠이 점차 뒤로 밀렸다. 그 순간, 켈라이녠이 몸을 뒤로 빼자 길포드의 신형이 순간적으로 흔들렸다.

그런 길포드를 향해 횡으로 검을 강하게 휘두르는 켈라이녠.

하지만 그때, 길포드가 땅을 세게 걷어 차올리자 흙더미가 켈라이녠을 뒤덮었다.

"큭!"

너무나 치사한 공격이었지만 길포드는 개의치 않고 검을 내질렀다.

챙!

하지만 시야가 가려진 상태에서도 켈라이넨은 길포드의 공격을 막아 내고 튕겨 냈다. 그러면서 어깨 차징으로 길포드의 몸통을 밀쳐 냈다.

온몸을 울리는 충격에 얼굴을 찌푸리는 길포드.

하지만 그는 곧 마음을 다잡으며 켈라이넨을 바라보았다. 그는 이름있는 용병답게 실전 검술에 능했다. 그리고 흙을 뿌리거나 침을 뱉는 등 치사한 짓도 능했다.

하지만 상대는 쉽게 당하지 않았으니 주의할 만도 했다. 또한 상대의 검술도 실전 검술에 가까웠다.

그때, 켈라이넨이 높게 도약하여 강하게 검을 내리그었다.

"어딜!"

켈레이넨의 검에 담긴 힘을 깨닫고 바로 검을 위로 쳐올리는 길포드.

채앵!

다시 한 번 강렬한 일격이 부딪쳤다.

강력한 충격에 서로의 거리가 멀어졌다. 하지만 그 순간, 켈라이넨이 길포드를 향해 쇄도했다. 길포드가 치사한 짓거리를 할 수 있는 시간을 주어서는 안 되었다.

그리고 켈라이넨의 의도대로 길포드는 어쩔 수 없이 검

을 내질렀다. 하지만 켈라이넨은 믿을 수 없게 달리는 와중에 앞으로 나간 왼발을 축으로 몸을 돌려 길포드의 검을 피해 냈다.

그와 동시에 오른발을 휘둘러 길포드의 안면을 그대로 강타했다.

퍽!

꽤 큰 소리가 나는 것과 동시에 길포드의 신형이 튕겨져 나가 땅을 굴렀다. 강한 일격이었지만 맷집이 강한 길포드는 바로 그 자리에서 일어났다.

그의 얼굴에는 분노가 가득했다.

"네놈, 죽인다!"

파앗!

거칠게 달려들어 검을 휘두르는 길포드.

매섭게 휘둘러지는 그의 검격은 가히 폭풍과 같았다.

그런 길포드의 거센 공격을 침착하게 막아내는 켈라이넨.

그렇게 무려 30합을 완전히 막아 냈다.

'이런 거친 공세는 곧 파탄을 초래한다.'

켈라이넨의 예상대로 순식간에 폭발적인 힘을 낸 길포드가 시간이 흐르자 힘이 빠지며 공세가 느슨해졌다.

그 틈을 놓치지 않고 검을 내지르는 켈라이넨.

단 일격이었지만 길포드의 공세를 꿰뚫는 데에는 충분했다.

검과 검이 얽히기 시작하더니 길포드의 검이 튕겨져 올라갔다.

길포드의 목에 닿은 차가운 검신.

"제가 이겼습니다."

켈라이넨이 그렇게 말을 마치자 길포드는 잠시 얼굴이 붉어지더니 곧 원상 복귀했다.

"패배를 인정하겠다."

어쨌든 패배는 패배.

그는 깔끔하게 인정했다.

길포드의 말에 검을 거둬들이는 켈라이넨.

그가 카젠트에게 돌아가서 살짝 고개를 숙였다.

카젠트는 웃으며 그런 켈라이넨에게 엄지손가락을 추켜세웠다.

그런 용병들의 대결을 지켜본 5명의 기사과 아렌시아는 경악했다.

한낱 용병이라 무시한 이들의 검술이 결코 자신들에게 뒤떨어지지 않는다는 것을 깨달았기 때문이다.

괜히 A급 용병을 기사와 동급으로 쳐 주는 것이 아니었다.

길포드는 켈라이넨에게 다가갔다.

그런 길포드를 바라보는 켈레이넨의 눈에는 의아함이 담겨져 있었다.

"왜 당신 같은 강자가 저런 애송이의 휘하에 있는 것이지?"

길포드가 카젠트를 가리키며 묻자 켈라이넨이 처음으로 살짝 미소를 지었다.

"사람을 봐도 한참 잘못 봤다. 저분은 나보다, 그리고 우리 용병단 중에서 그 누구보다 강하신 분이다. 함부로 말을 했다간 두들겨 맞아도 나는 책임지지 않겠다. 장담하는데, 그대가 만약 저분에게 도전하면 1분 내로 맞아 쓰러질 것이다."

평소의 과묵한 모습답지 않게 말을 길게 한 켈라이넨은 분명히 웃고 있었다. 소드 마스터인 카젠트에게 저런 말을 했다는 것 자체가 이미 죽음에 한 발자국 다가선 것이나 다름없었기에 한 사람 살려 주자는 취지하에 그렇게 말을 한 것이다.

하지만 안타깝게도 길포드는 그런 켈라이넨의 말에 발

끈했고, 그대로 카젠트에게 달려갔다.

"나랑 한 번 붙어 봅시다!"

호기롭게 외치는 길포드.

그런 길포드를 보며 카젠트의 수하들의 등에서는 모두 식은땀이 흘러내렸다.

가만히 있는 드래곤을 지금 길포드는 건드리고 있었다. 그것도 항상 날카롭게 이를 갈고 있는 드래곤을 향해 '나 먹어라' 하고 달려드는 꼴이었다.

그런 길포드를 가소롭다는 듯이 바라본 카젠트가 자리에서 일어났다.

떨어진 자신의 글레이브를 쥐고 길포드가 카젠트를 노려봤다.

하지만 그 어떤 행동도 카젠트에게는 무의미했다.

무언가 움직였다고 느끼는 순간, 이미 카젠트의 주먹은 길포드의 안면을 강타한 뒤였다.

"크허헉!"

단 일격에 뇌가 흔들리고 몸이 떨려왔다.

하지만 카젠트는 이제 시작이라는 듯 손을 풀면서 천천히, 하지만 확실한 존재감을 뿜어 대며 길포드에게 다가왔다.

그리고 그것은 길포드에게 공포로 다가왔다.

"하, 항……."

항복이라고 외치려 했지만 이미 늦어버리고 말았다.

이번에는 카젠트의 주먹이 길포드의 복부를 뚫자 허리가 꺾여 버리는 길포드.

꺾인 상태로 얼굴을 내밀자 알았다고 고개를 끄덕이며 무릎으로 턱을 후려쳤다.

"커헉!"

그대로 높이 치솟으며 튕겨져 나가는 길포드.

그는 그대로 땅바닥을 구르더니 기절을 하고 말았다.

1분은커녕 30초 만에 벌어진 일이었다.

아르젠을 비롯한 다른 수하들은 이미 예상한 결과라는 듯 별로 당황하지 않았지만 지켜보는 기사들과 아렌시아, 그리고 다른 개인 용병들은 완전히 당황하고 말았다.

켈라이넨과의 대련을 통해 수준 높은 실력을 보여 주었던 길포드가 단 3방에 나가떨어져 버린 것이다. 카젠트는 말 그대로 압도적인 실력으로 길포드를 짓누른 것이다.

"턱뼈에 금 갔을 테니까 치료해 주도록."

"그러니 좀 살살 하시라니까."

아르젠이 투덜거리며 품속의 마나 포션을 꺼내 길포드에게 먹여 주었다.

그렇게 조치를 취해 주고 난 뒤에서야 길포드는 정신을 차렸다.

"으윽."

뼈는 붙었더라도 맞은 충격이 사라지는 것은 아니었다. 깨어난 지금도 골이 띵할 정도로 아파왔다.

살면서 수많은 강자들을 보아 왔지만 이 정도의 상대는 정말 처음이었다.

그가 반응도 못할 정도의 상대라니.

정말 믿을 수 없었지만 아직도 느껴지는 고통과 얼굴 한가운데에 선명하게 새겨진 주먹 자국이 그가 완패했다는 것을 증명해 주고 있었다.

한편, 아렌시아는 불안한 듯 세이칼 영지의 기사 중 서열 2위인 제이크를 바라보았다. 제이크는 42세로, 소드 엑스퍼트 중급의 경지에 오른 기사였다.

"제이크 경도 저 용병을 저렇게 이길 수 있지요?"

아렌시아의 말에 얼굴을 찌푸리는 제이크.

아렌시아의 표정은 마치 우리 아빠도 그렇게 할 수 있

어 라는 것 같은 표정이었다.

하지만 제이크는 항상 소중히 여기는 아가씨였으나 이
번만큼은 확실하게 대답을 할 수가 없었다. 그 정도로 카
젠트의 실력은 그에게 큰 충격을 주었던 것이다.

"이길 수는 있습니다. 하지만 저렇게 쉽게 이길 수는
없습니다. 저 남자는…… 말로만 알려진 S급 이상의 실력
자 같습니다."

사실 용병들 중에서 A급의 실력자가 흔한 것은 아니었
지만 만나고자 하면 만날 수 있었다. 하지만 S급 이상의
용병들은 달랐다.

그들은 어지간한 기사들보다도 훨씬 강한 존재들.

엑스퍼트 상급 이상의 용병들만이 S급을 받을 수 있으
며, 그 수 역시 50명 정도밖에 안 된다고 알려진 고수들
이었다.

아렌시아나 다른 기사들은 제이크 역시 이길 수 없다는
말에 경악하고 말았다.

이제 겨우 20대가 된 이를 기사로서 많은 경험을 가지
고 있는 제이크가 스스로 이길 수 없다고 인정한 것이다.
더욱이 자존심이 강한 제이크이기 때문에 그들은 더 놀라
고 말았다.

모두들 의혹 어린 눈으로 카젠트를 바라보았지만 이동은 계속되었다.

　그리고 2주 뒤, 그들은 세이칼 영지에 무사히 도착할 수 있었다.

(1)

영지전이 일어날 것이라는 사실은 이미 모든 영지민들에게 알려진 사실이었다. 현 백작인 제이드 드 세이칼이 영지민들의 희생을 꺼려 일부러 알렸음에도 나가는 영지민들은 없었다.

그들이 아무리 살기 위해 영지 밖으로 나간다 할지라도 그들에게 남는 것은 엄청난 세금과 힘든 노동뿐이라는 것을 그들은 잘 알고 있었다.

동부 대륙에서 그나마 가장 살기 좋은 곳이 바로 세이칼 영지이기 때문에 그들은 절대 이곳을 떠나지 않았다.

"괜찮은 곳이군. 동부에 이런 곳이 있다니, 좀 의원데?"

카젠트의 말에 다른 수하들이 모두 고개를 끄덕였다.

그들 역시 크로아 왕국 출신이기에 지금 보고 있는 영지민들의 웃음을 보며 신기해하고 있는 중이었다. 그들로서는 참 이해하기 힘든 풍경이었던 것이다.

"흥, 괜히 이곳이 축복받은 영지인 줄 아는 것입니까? 농노들이나 다른 이들을 끝까지 쥐어짜지 않아도 많은 식량을 확보하고 팔 수 있기 때문입니다."

길포드가 툴툴거리며 입을 열었다.

오는 동안에도 카젠트에게 몇 번이나 도전한 그였고, 카젠트는 웃으면서 그를 완전히 떡으로 만들었다. 그래서 지금도 그는 왼손에 붕대를 매고 있었다.

마지막 싸움에 카젠트가 그의 왼팔을 꺾어 버리는 바람에 뼈가 부러져 버린 것이다. 마나 포션을 재빨리 뿌림으로써 치료는 빨리 이루어졌지만 말이다.

그 이후로 길포드는 싸우는 것을 완전히 포기했지만 그래도 도전적인 태도를 완전히 버리지는 않았다.

"하지만 더 많이 갖고 싶어 하는 것이 바로 인간의 욕심이라는 것입니다. 더 많이 얻을 수 있음에도 그것을 절제할 줄 알다니, 꽤 대단한 귀족이군요."

아르젠의 설명에 얼굴을 찌푸리며 물러나는 길포드.

그는 본능적으로 아르젠처럼 머리 쓰는 이를 꺼려했다. 그렇다고 대놓고 무시하지는 못했다. 그가 피닉스 용병단의 이인자라는 것에 놀라며 대항하는 것을 포기한 것이다.

이 용병단의 인간들은 하나같이 괴물과 같은 놈들이었다.

일행이 그렇게 밭에서 일을 하고 있는 농노들과 평민들을 바라보며 지나치자 이윽고 거대한 성이 모습을 드러내었다.

기간트의 공격에 대비하여 기간트들이 지은 거대한 성이었다.

끼익!

그런데 갑작스럽게 거대한 성문이 열리기 시작했다.

그리고 치솟는 먼지들.

무언가가 엄청난 속도로 달려오고 있었다.

카젠트와 아르젠이 그 존재를 가장 먼저 인식했다.

그것을 말을 타고 있는 사람이었다.

"아렌시아아아아아!!!!!!"

밭을 뒤덮는 거대한 외침에 아렌시아의 아름다운 얼굴

이 찌푸려졌다.

그녀는 속으로 '이 팔불출 오빠가' 하면서 욕을 하고 있었지만 웃으며 자신의 오빠이자 이 영지의 주인, 제이드 드 세이칼을 바라보며 말에서 내렸다.

기사들 역시 마찬가지였다.

거의 빛과 같은 속도로 다가와 멋지게 말을 세우고 뛰어내려 아렌시아에게 다가갔다.

그러고는 콩! 아렌시아의 머리에 알밤을 제대로 먹었다.

"아야!"

그 충격이 꽤 컸는지 아파하는 아렌시아.

그녀가 뭐라고 하려 했지만 말을 잇지 못했다.

제이드가 바로 그녀를 껴안았기 때문이다.

"오빠가 얼마나 걱정했는지 아느냐! 아무 말 없이, 그냥 편지 한 장만 남기고 겨우 기사 5명과 함께 성을 빠져나가다니!"

제이드가 큰 소리로 외치며 말하자 아렌시아가 아무런 말도 못하고 고개를 푹 숙였다.

아렌시아는 자신의 영지가 위태로운 것을 참지 못하고 가출을 해 버린 것이다. 그녀의 현란한 말에 넘어간 5명의 기사와 함께 말이다.

제이드는 그렇게 몇 분 동안 큰 소리로 말한 뒤에야 아렌시아가 데리고 온 용병들을 바라보았다.

꽤 많은 수였다.

그런데 그때, 그리고 카젠트와 눈을 마주쳤다.

"응?"

카젠트의 눈과 마주친 순간, 제이드의 몸이 떨려오기 시작했다.

자신을 짓누르는 것 같은 압도적인 존재감이 그의 숨을 막히게 했다.

자신와는 비교도 안 될 정도의 압도적인 존재감이었다.

하지만 카젠트가 웃음을 짓자 그 존재감이 순식간에 사라지고 말았다.

다른 사람은 아무도 그런 괴리를 느끼지 못했다.

"재미있는 녀석이군."

"예?"

소드 마스터에 이른 아르젠마저 둘 사이에 있었던 기묘한 대치를 느끼지 못했다.

오로지 카젠트와 제이드만이 느낀 대치였다.

"저 백작, 소드 엑스퍼트 하급이라 들었는데, 거의 중급의 경지에 다다른 상태군."

"아, 그것 말씀이십니까? 확실히 그렇군요."

아르젠 역시 제이드를 바라보더니 바로 시선을 거둬들였다.

세간의 인식으로 따지면 분명히 천재라 불릴 수 있는 인종이었지만 그에게는 관심 밖이었다.

하지만 제이드에게는 아니었다.

'누구냐……'

제이드는 여전히 덜덜 떨고 있는 자신의 손을 바라보았다.

"오빠?"

이상하다는 듯이 제이드를 바라보는 아렌시아.

그리고 다른 기사들 역시 마찬가지였다.

그제야 자신의 실책을 깨달은 제이칼이 환하게 미소를 지었다.

"별것 아니다. 용병들도 성에 부르렴. 패배할 가능성이 높은 전쟁에 이렇게 나서 주다니, 정말 고마운 일이구나. 그리고 저것은 기간트 같은데, 13기나 있구나."

제이드가 놀라며 아렌시아를 바라봤다.

사실 아렌시아가 가출했을 때도 그렇게 큰 기대를 하지

않은 상태였다. 이미 자신의 영지는 바람 앞의 등불이라
할 수 있는 상황이었다.

그저 세이칼 가문의 마지막 긍지를 보이기 위해 싸우기
로 선택한 것이지, 승리를 바라는 것은 아니었다.

하지만 기간트 13기라면 분명 엄청난 전력이었다.

현재 세이칼 영지의 기간트는 겨우 7기에 불과했기 때
문이다.

"예. 어떻게든 잘 계약할 수 있었어요."

"대단하구나, 아렌시아. 그렇다면 저분들을 더욱 저렇
게 모셔 둘 수 없구나. 기간트 라이더라니, 정말 네가 수
고가 많았구나. 제이크 경, 그대가 용병들을 잘 인도해 주
시기를."

"영주님의 명을 받듭니다."

차분한 표정으로 고개를 숙이는 제이크.

"아, 그리고 제이크 경은 조심하는 것이 좋을 겁니다.
반체스 경이 함부로 아렌시아를 데리고 나간 그대에게 상
당히 분노를 했거든요."

제이드의 말에 살며시 얼굴이 일그러지기 시작하는 제
이크.

세이칼 영지의 수석 기사인 반체스는 엑스퍼트 상급의

경지를 바라보는 기사였다. 동시에 제이드와 아렌시아의 검술 스승이기도 했다.

같은 중급의 경지였지만 이미 둘의 실력 차는 꽤 나는 상태였다.

"영주님의 충고 감사드립니다."

"예, 그럼 저는 아렌시아와 먼저 돌아가겠습니다."

제이드와 아렌시아가 먼저 말을 이끌고 성으로 되돌아 가자 제이크를 제외한 4명의 기사도 말을 타고 빠른 속도로 성을 향해 달렸다.

제이크는 용병들을 바라보며 외쳤다.

"영주님께서 친히 그대들이 성에 머무를 수 있는 것을 허락하셨다. 영주님의 은혜에 감사하도록. 기간트는 영지의 보관소에 놓고 가라. 영주님의 허락없이는 컨테이너 웨건에서 꺼내지 말도록."

빠르게 말을 하는 제이크.

카젠트나 다른 용병들도 별다른 표정 변화 없이 성을 향해 걸어갔다.

(2)

성안의 모습은 의외로 매우 수수했다.

카젠트가 살면서 가장 수수하다고 생각했던 니퍼트 시의 성만큼 수수했다. 그것만으로도 세이칼 영지를 지배했던 역대 영주들의 사고방식을 깨달을 수 있었다.

제이크가 일행을 성까지 안내하자 이번에는 몇 명의 시녀들이 나타났다.

"기간트 라이더분들께는 개개인 별로 방이 주어졌습니다."

그러자 피닉스 용병단의 10명과 개인 용병 라이더의 자격을 가진 3명이 앞으로 나섰다.

거기에는 길포드도 포함이 되어 있었다.

시녀들의 안내에 따라 간 방은 넓고 밝은 느낌의 방이었다. 화려함 같은 것은 없지만 그것를 대신하는 편안함이 카젠트를 나른하게 만들었다.

그 나른함을 이기지 못해 바로 잠에 빠져 버리는 카젠트였다.

한편, 제이드는 꽤 심각한 표정으로 아렌시아를 바라보았다.

"네가 데려온 그 회색 눈동자의 남자가 누구인지 아니?"

회색 눈동자를 가지고 있는 사람은 아렌시아의 기억에
도 단 한 명밖에 없었다.

피닉스 용병단의 단장, 카젠트.

"이번에 만들어진 피닉스 용병단의 단장, 카젠트라 해
요. 나이는 23살인데, A급 용병패를 가지고 있어요. 사
실 피닉스 용병단 전체가 A급 용병패를 가지고 있지만
요."

아렌시아의 말은 제이드를 경악시키기에 충분했다.

A급 용병들로 이루어진 용병들이라니, 단 한 번도 들
어본 적이 없었다.

그리고 A급이면 엑스퍼트 하급 이상임을 의미하는 패.

23살에 엑스퍼트 하급에 올랐다면 그보다 훨씬 빠른
속도였다.

하지만 아렌시아는 이를 눈치채지 못하고 계속 말을 했
다.

"아, 수는 별로 되지 않아요. 21명 정도? 그래도 저
역시 정말 놀랐어요. 그런 용병단이 있다니 말이에요. 더
놀라운 건, 겨우 21명으로 이루어진 용병단인데 기간트의
수는 무려 10기나 있어요. 정말 보고도 믿기지 않았답니
다."

"정말 듣는 나로서도 믿기 어려운 말이구나. 13기 중 무려 10기가 한 용병단의 것이라니."

겨우 21명밖에 안 되는 수의 용병단이 세이칼 영지를 초월하는 전력을 가지고 있는 것이다.

아무리 더 이상 전쟁터에서 인원수라는 것이 의미가 없어졌다고 하지만 믿을 수 없는 것은 없는 것이었다.

그때, 아렌시아의 표정이 심각해졌다.

"그리고 그 용병단의 단장은 정말 강해요."

"그 카젠트라는 남자 말이냐?"

제이드의 물음에 고개를 끄덕이는 아렌시아가 다시 입을 열었다.

"그는 같은 A급의 용병인 길포드를 30초 만에 완전히 패배시켰어요. 검도 사용하지 않고 말이죠. 제이크 경의 생각에 그는 아마 S급의 실력자일 거라고 말했어요."

"뭐, S급!"

S급이면 엑스퍼트 상급 이상임을 의미하는 경지다.

이제 21살이라는 남자가 아직 제이드 자신 역시 꿈도 꾸지 못하고 있는 경지의 강자라는 것이었다.

간신히 이성을 되찾은 제이드가 계속 고개를 저었다.

"내 귀로 듣고도 믿을 수 없구나. 정말로 말이다. 그가 그렇다면 반체스 경보다도 강하다는 것이 아니냐?”

이제 38세의 나이로, 벌써 검을 30년 이상 휘두른 반체스 드 히든 남작이었다. 그가 검을 휘둘러 온 세월보다 훨씬 짧게 살아 온 남자가 이제 엑스퍼트 상급 이상의 경지라니. 들을수록 놀라운 내용뿐이었다.

그리고 신경 쓰이는 것이 한 가지 더 있었다.

제이드에게는 아무도 모르는 특수한 능력이 있었다.

특수한 능력이라 해도 그렇게 대단한 능력은 아니었다.

하지만 그는 그냥 한 사람을 보면 그에 대한 올바른 느낌을 알 수 있었다.

사람과 사람이 만나면 분명히 첫인상이라는 것을 느끼게 된다. 하지만 제이드는 처음 보는 사람이라 할지라도 그 사람이 어떤 존재인지를 알 수 있었던 것이다.

그가 상인들을 상대하며 망해가는 영지를 어떻게든 붙잡고 늘어질 수 있는 이유였다.

그런데 카젠트를 보았을 때, 그는 완전히 압도되었다.

카젠트는 감히 그가 판단할 수 있는 그릇을 가진 인간이 아니었다. 자신의 관찰을 튕겨 내는 다른 이도(아르젠) 있었다. 어떤 마법사들은 간혹 가다가 그 단련된 정신력으로 제이드의 느낌을 튕겨 내기도 했다. 아르젠 역시 그

간주에서 이해할 수 있었다.

하지만 카젠트의 경우엔 그 상황이 완전히 달랐다.

튕겨 내는 수준을 넘어 카젠트가 가진 압도적인 존재감으로 제이드를 완전히 짓눌러 버린 것이다.

제이드는 저항 한 번 제대로 하지 못하고 완전히 압도되어 버렸다.

"영주님, 반체스입니다."

그때, 문을 열며 다가오는 반체스.

영주의 허락없이 문을 여는 것은 분명히 예의에 어긋나는 일이었지만 제이드나 아렌시아나 그런 것에는 전혀 신경 쓰지 않았다.

반체스 드 히든, 긴 금발과 짧은 수염을 가진 이 남자야말로 영지를 위해 가장 노력한 남자였기 때문이다. 전영주이자 그들의 아버지와 어머니가 돌아가신 뒤에는 반체스가 이 둘을 맡아 돌봐 주었기 때문이다.

"반체스 경, 오셨습니까?"

"큰 소리로 말씀하시니 어쩔 수 없이 무례라는 것을 알면서도 들어왔습니다."

"아닙니다. 그런 것이 어찌 무례가 될 수 있겠습니까."

"어쩔 수 없이 듣게 되었습니다. 누군가가 저보다 강한 것 같다니요?"

반체스의 말에 살짝 얼굴을 찌푸리는 제이드.

그가 가장 존경하는 기사에게 그보다 강할 수 있는 존재가 있다고 말하는 것이 매우 힘들었다.

하지만 반체스는 그런 제이드를 바라보며 웃었다.

"영주님, 항상 제가 말했잖습니까. 저는 무적이 아니라고 말입니다. 대륙이 넓은 만큼 그에 따라 수많은 강자들이 존재합니다. 당장 대륙에 존재하는 20명의 소드 마스터들만 해도 저는 감히 그들에게 상처조차 낼 수 없습니다."

"그렇지만 그래도 경은 나의 영원한 우상입니다."

단호하게 말을 하는 제이드의 모습에 반체스의 얼굴에 미소가 떠올랐다.

"어차피 용병들의 질이 어떤지 한 번 시험해 보려고 했습니다. 또한 용병 라이더들이 어떠한 존재인지 알고 싶기도 했습니다."

반체스의 말에 깜짝 놀라는 아렌시아와 제이드.

"반체스 경, 지금 기간트 대련을 하고 싶다는 것입니까?"

"예, 영주님. 영주님도 알고 계시지만, 저희 측 라이더들의 경험은 절대적으로 부족합니다. 아니, 사실 제대로 운용하는 이 자체가 없다고 해도 과언이 아닙니다. 저나 제이크 경만이 할 수 있을 뿐, 나머지 5명은 검술 실력은 되지만 기간트를 조종하는 실력은 전무합니다."

반체스가 말한 것은 제이드가 걱정하는 부분이기도 했다.

안 그래도 전력상 밀리는 판국인데 라이더들의 질까지 떨어진다는 것은 정말 큰일이었던 것이다.

하지만 기사들의 자존심은 아무리 영주인 그라 할지라도 쉽게 간섭할 수 있는 것이 아니었다.

그런데 수석 기사인 반체스가 먼저 그러한 점을 지적한 것이다.

"괜찮겠습니까, 반체스 경?"

"저는 괜찮습니다, 영주님. 저보다 강한 자와의 대련은 저를 한 단계 더 높은 곳으로 인도해 줄 수 있습니다. 다른 기사들도 마찬가지입니다."

"반체스 경의 생각은 잘 알겠습니다. 그렇다면 제가 그들과의 대련을 주선해 보도록 하겠습니다."

"영주님께 그런 일을 시킬 수는 없지요. 제가 한 번, 그 단장이라는 자를 만나 보겠습니다."

그렇게 말하고 인사를 하고 다시 방에서 나가는 반체
스.

아렌시아와 제이드는 걱정스러운 얼굴로 멀어져 가는
그의 등을 바라보았다.

(3)

1인실에 머무는 카젠트에게는 저녁 식사도 따로 나왔
다.

세심하게 관리하는 것으로 보아 기간트 라이더들에게
얼마나 많은 관심을 갖고 있는지 알 수 있었다.

"하긴, 관리를 하지 않는 것이 이상하다면 이상하겠
군."

카젠트가 싱긋 웃으면서 스테이크를 잘라 베어 먹었다.
오랜만에 제대로 먹어보는 귀족식 음식들이라 감회가 새
롭기도 했다.

그때, 누군가가 걸어오는 소리가 들려왔다.

수하들과 비슷한 기도가 느껴지는 존재였다.

자신의 수하가 어떤 느낌을 주는지 한 명, 한 명 모두
를 기억하고 있기 때문에 이미 이 성의 기사 중 한 명이라

고 파악한 카젠트.

그래서 의도적으로 자신의 기세를 제한시켜서 드러냈다.

똑똑.

노크 소리가 들려오자 카젠트는 포크와 나이프를 내려놓고 문 앞에 가서 문을 열었다.

그곳에는 30대 중반 정도 되어 보이는 한 남자가 서 있었다.

"누구지?"

진짜 소수의 인간들을 제외하고는 카젠트는 그 누구에게도 존대를 쓸 생각이 없었다. 그건 설령 제국의 황제라 할지라도 그 생각을 바꿀 의도는 절대로 없었다.

그리고 카젠트의 반말이 눈에 거슬릴 텐테도 눈앞의 사내는 무표정했다.

"네가 피닉스 용병단, 단장 카젠트냐?"

"그렇다만?"

여전히 짧은 말로 대화를 진행해 나가는 카젠트.

하지만 반체스는 그런 카젠트의 얼굴을 계속 바라볼 뿐이었다.

사실 그는 카젠트를 보자마자 놀란 상태였다.

놀랍게도 카젠트는 자신보다 높은 경지였던 것이다.

카젠트로부터 느껴지는 기도는 엑스퍼트 상급의 것.

분명히 S급 용병 수준일 것이라 주장한 아렌시아나 제이크 경이 틀리지 않았음을 의미했다.

분명히 21살이라 들었는데, 이 경지면 곧 마스터가 될 것이 분명했다.

"기사들에게 기간트 조종을 지도해 줄 수 있겠나?"

반체스의 말이 의외였는지 카젠트는 살짝 당황했다.

아무리 생각해도 이 영지의 인간들은 이상했다.

크로아 왕국 시절 때도 안하무인격으로 행동하는 수많은 기사들을 보고 살아왔다.

그런데 현재 용병인 자신에게 지도를 요구하는 수석 기사라니.

그가 가진 상식이 파괴되는 느낌이었는데, 그게 또 신선했다.

하지만 바로 승낙하면 가벼워 보이는 법.

"도도하신 기사 나리들이 한낱 용병인데다가 어리기까지 한 나한테 말인가?"

다른 기사라면 당장 검을 뽑아 들고 너 죽고 나 살자 식으로 달려들겠지만 반체스는 달랐다.

무심한 표정으로 카젠트의 회색빛 눈동자를 응시했다.

어지간한 사람들은 공안에 있는 기괴한 느낌에 제대로 응시하지도 못하겠지만 반체스는 달랐다. 그는 검술 실력과 떠나 정신적으로 제대로 단련된 진짜 기사였다.

"재미있군. 용병에게 지도를 요청하다니. 수락하지."

"고맙군. 그리고 또 하나 부탁하고 싶은 것이 있다. 나와 기간트 대련을 하지 않겠나?"

"뭐, 이왕 해 주기로 한 것, 몸도 풀 겸 상관없겠지."

싸우는 것은 그가 세상에서 제일 좋아하는 일이었다.

기간트 보관 창고에 가서 자신이 타게 될 쓰론을 꺼낸 것도 어려운 일이 아니었다. 반체스가 이미 제이드 영주의 인장을 받아왔기 때문이다.

반체스 역시 자신의 기체인 실버 팽을 탔다.

라레스 왕국 역시 제레미아 제국으로부터 기간트를 수입하는 입장이었기 때문에 세이칼 영지 역시 실버 팽을 가지고 있었다.

자신이 처음으로 조종한 기체를 바라보는 느낌은 정말 뭐라 말로 표현할 방법이 없었다.

하지만 카젠트는 곧 마음을 다잡았다.

개척지에 있을 때도, 그리고 탑에 있을 때도 기간트를 많이 조종해 보았지만, 쓰론을 조종하는 것은 이번이 처음이었다. 이길 자신은 있었지만 방심해서 지는 것은 사양이었다.

자신의 마나가 케이블을 타고 기간트의 마나 드라이브에 보내지며 동조를 하기 시작했다.

오랜만에 조종해 보는 기간트였다.

"신나게 한 번 놀아 볼까!"

파앗!

쓰론의 거대한 몸이 엄청난 속도로 실버 팽을 향해 쇄도했다. 쓰론의 검은 길이가 4.5m에 이르고 두께는 30cm, 폭은 50cm의 거대한 검이었다.

반면 실버 팽의 검의 길이는 3m고 두께나 폭 역시 쓰론의 검에 비해 모자랐다. 대신 실버 팽은 상체 전부를 가릴 수 있는 방패를 들고 있었다.

그리고 출력은 두 기체 모두 1.3으로 동일했다.

콰아앙!

거대한 두 검이 부딪쳤다.

하지만 카젠트나 반체스 모두 충격을 자신만의 방식으로 해소하고 다시 검을 휘둘렀다.

그 동작에 따라 쓰론과 실버 팽이 서로를 향해 다시 검을 휘둘렀다.

쾅!

적막으로 가득 찬 어둠이 덮인 영지 전체를 울리는 굉음.

두 기체는 순식간에 10여 합을 나눴다.

"일단 기본은 된다는 거군."

카젠트가 재미있다는 듯 웃었다.

쉬에엑! 쉬엑!

몸 풀기는 이 정도면 충분했다.

그 사실을 증명하듯 이번에 쓰론이 휘두른 검격에 담긴 위력은 방금 전과는 매우 큰 차이가 있었다.

쾅! 쾅! 쾅!

그 사실을 증명하듯 일격, 일격을 막아 낼 때마다 반체스는 온몸이 뒤틀리는 듯한 충격을 받아야만 했던 것이다.

자신보다 강하다는 아렌시아나 제이크의 말은 역시 틀리지 않았다.

하지만 그는 쉽게 쓰러지지 않았다. 쓰론의 폭풍과 같은 검격이 치명타가 되는 것을 간신히 막아 냈다.

콰아앙!

그때, 쓰론의 주먹이 실버 팽의 두부를 강타했다.

이 일격은 반체스의 전신을 흔들 정도로 강력한 충격을 주었다.

—쯧쯧, 기간트와의 대련에서 검만 쓰는 생각은 버리라고.—

외부 음성 확성기를 통해 들려오는 카젠트의 말에 반체스는 얼굴을 찌푸렸다.

확실히 이 공격은 그가 생각하지 못한 일격이었다.

정통 검술을 추구하는 그에게 대련이나 실전에서 검을 사용하지 않고 다른 공격을 한다는 것은 있을 수 없는 일. 그것은 그에게 금기나 마찬가지였다.

카젠트는 그가 금기라 여기던 것을 보란 듯이 깨 버렸다. 하지만 그의 상념은 오래가지 못했다.

쉬에엑!

다시 거세게 쇄도하는 쓰론의 검 때문에 말이다.

콰앙!

"큭!"

어떻게든 겨우 막아 냈지만 방금 전의 방어로 인해 완전히 균형이 무너져 빈틈이 드러나 버렸다.

그리고 카젠트는 그런 빈틈을 놓치는 호락호락한 인간

이 아니었다.

쓰론의 발이 그대로 실버 팽의 흉갑을 걷어찼다.

이번 공격 역시 치명타였다.

"컥!"

연이은 충격에 반체스는 제대로 공격을 할 수가 없었다.

쿵!

결국 실버 팽은 땅바닥에 쓰러지고 말았다.

처억!

그런 실버 팽을 향해 검을 겨누는 쓰론.

—일어나도록. 이 대련, 시작은 당신이 했지만 끝은 내가 결정하는 거거든.—

카젠트의 말에 발끈한 반체스가 정신을 차렸다. 그러고는 다시 기간트 조종간을 붙잡고 마나를 보내 기간트 마나 드라이브와 동조시켰다.

쿠웅!

다시 일어나는 실버 팽이 쓰론에게 검을 겨눴다.

그리고 이번에는 실버 팽이 먼저 달려갔다.

어둠을 가르는 은색의 섬광과 같은 쇄도였다.

하지만 카젠트는 전혀 놀라지 않고 재빨리 검을 내질

렀다.

그의 동작에 따라 쓰론이 거검을 들고 빠른 속도로 검을 내질렀다.

콰아앙!

간신히 방패를 내밀어 찌르기 공격을 막아 내는 실버 팽.

그러자 이번에는 쓰론이 실버 팽의 발을 걸었다.

콰앙!

허무할 정도로 쉽게 쓰러지는 실버 팽.

검술뿐만이 아니라 기간트 조종술의 실력에도 차이가 월등했다.

카젠트는 감히 그가 상대할 수 있는 상대가 아니었다. 하지만 그럼에도 그는 계속 일어섰다. 그리고 그는 자신의 내부를 관조 하더니 자신의 정통 검술을 잊었다.

우우우웅!

실버 팽의 검을 뒤덮는 푸른 오러.

이제까지 그가 만들던 오러와는 비교도 안 될 정도로 색깔이 선명하고 두터웠다.

기간트의 검에 오러를 형성하는 것은 기존의 검에 오러를 형성하는 할 때에 사용하는 마나의 양과 비교해 4배

정도였다.

하지만 그런 오러를 펼치는 반체스는 아무런 느낌 없이 달려들어 검을 휘두를 뿐이었다.

"무아의 상태인가? 재미있군."

지금 반체스는 중급에서 온전히 상급으로 올라가는 상태였던 것이다.

콰아앙!

오러가 잔뜩 실린 검이 휘둘러졌지만 쓰론의 검은 실버 팽의 검을 쉽게 막아 냈다.

강철마저도 두부 베듯 베어 버리는 오러였지만 카젠트의 검은 베어지지 않았다.

콰앙! 콰앙!

끊임없이 굉음과 폭음이 울려 퍼졌다.

그러더니 갑자기 실버 팽이 방패를 내던졌다.

이제까지 정통 검술을 추구하는 반체스답지 않은 변칙적인 공격이었다.

하지만 마치 예상이라도 한 듯 검을 쳐올려 방패를 튕겨내는 쓰론.

그런 쓰론에게 쇄도하는 실버 팽의 검.

"호오?"

확실히 바뀌어 가고 있다는 것이 느껴지기에 카젠트는 웃었다.

쓰론은 가볍게 검을 내리 그어 실버 팽의 공격을 막아 냈다.

그리고 왼쪽 주먹을 내지르는 쓰론.

콰앙!

오러가 실린 검을 세워 막아 내는 실버 팽.

하지만 이미 무형의 오러를 운용하고 있었기에 오러와 닿고도 쓰론의 주먹은 무사했다.

그렇게 다시 몇 합을 주고받은 카젠트는 이제 이 대련을 끝내기로 마음먹었다.

더 이상 끌면 반체스에게 좋지 못했기 때문이다.

파앗!

이제까지와는 비교도 안 될 정도로 빠르게 쇄도해 실버 팽의 뒤를 점하는 쓰론.

쾅!

그대로 실버 팽의 다리를 걷어차자 땅바닥을 구르고 마는 실버 팽.

일어서려는 실버 팽의 흉갑을 향해 그대로 주먹을 내지르자 그대로 튕겨져 나갔다.

반체스는 이미 정신을 잃은 듯 더 이상 움직이지 못했
다.

(4)

카젠트가 기간트에서 내려왔을 때, 이미 수많은 사람들
로 훈련장이 꽉 찬 뒤였다.

아르젠을 비롯한 수하들도 있었고, 다른 용병들도 있었
고, 기사들과 제이드 백작, 그리고 아렌시아 영애도 온 뒤
였다.

자신의 수하들을 제외한 모두가 멍한 표정으로 카젠트
를 바라보고 있었다. 그들로서는 감히 생각지도 못한 방
식으로 기간트를 조종한 카젠트였기에.

하지만 그런 눈빛이 부담스럽기만 한 카젠트였다.

"뭘 그리 부담스러운 눈빛으로 보는 건지 참."

"하루라도 좋으니 제발 사고 좀 치지 말아 주십시오."

아르젠이 한숨을 내쉬며 말을 했다.

간만에 편안하게 자려다가 들려오는 굉음에 얼굴을 찌
푸리며 훈련장으로 나왔을 때, 설마가 역시가 되어 그를
두통으로 머리를 아프게 만들었다.

그의 주군은 정말 그의 머리를 아프게 하는 데에 천부적인 재능을 가지고 있었다.

"반체스 경!"

제이드 백작의 외침에 카젠트 역시 뒤를 돌아보았다.

반체스가 머리를 부여잡으며 기체에서 빠져나와 카젠트에게 걸어가고 있었다.

그는 자신을 부르는 제이드 백작의 말을 못 들었는지 그저 멍한 표정으로 카젠트에게 다가갔고, 그의 앞에 섰을 때야 비로소 이성을 완전히 되찾았다.

"강하더군, 너는."

"당연히 나는 강하지."

반체스의 말에 단 한 번도 거부하지 않고 고개를 끄덕이는 카젠트.

그에게 겸손이라는 단어도 존재하지 않았다.

기사들의 얼굴에 분개 어린 표정이 나타났지만 그들은 나서지 못했다.

"나는 여태까지 잘못된 길을 걸었던 것인가?"

반체스의 물음에 카젠트는 고개를 저었다.

"잘못되지는 않았다. 지금까지는 옳은 길이었다. 하지만 이제 더는 안 되지. 융통성이라는 것은 검에서도 꽤 중요한 요소거든."

그 말에 공감한다는 듯이 고개를 끄덕이던 반체스가 다시 카젠트에게 물었다.

"융통성이라는 것은 어떤 것이지?"

물론 실제로 융통성을 몰라서 물어보는 것은 아니었다. 그저 그는 알고 싶을 뿐이었다.

"큭. 검을 정석대로 휘두르지 말라고. 물론 초반에는 중요하지만 나중에 가서는 오히려 당신의 발목을 잡을 뿐이야. 융통성은 다른 의미로 자유를 말한다고. 당신의 검에는 그 자유라는 것이 없어. 틀에 고정되었을 뿐이지."

카젠트의 말에 얼굴이 굳어지는 반체스.

그는 자신의 검을 손에 피가 날 정도로 굳게 움켜쥐었다. 그러더니 곧 눈을 감고 그저 이리저리 검을 휘두르는 반체스였다.

"모두들 물러나도록."

굳이 카젠트가 말하지 않더라도 지금 이 순간, 반체스가 자신을 막고 있던 벽을 뛰어넘었다는 것을 모두가 알 수 있었다.

그들 역시 모두 검으로 평생을 살아가는 이들이니까.

카젠트는 그렇게 끊임없이 검을 휘두르는 반체스를 바

라볼 뿐이었다.

그렇게 1시간 정도가 지나서야 반체스는 검을 휘두르는 것을 멈추고 눈을 떴다.

이제까지의 그와는 전혀 다른 기도.

엑스퍼트 상급의 경지에 완전히 오른 것이다.

카젠트는 그런 반체스에게 웃으며 말을 했다.

"벽을 깨서 축하한다."

카젠트의 말에 고개를 끄덕이는 반체스.

그가 상급이 되었을 때 확인한 것은 카젠트의 압도적인 존재감이었다.

제이드와는 다른 방식으로 그는 카젠트의 존재를 인지했다. 상급이 되어 훨씬 향상된 기감으로 알아챌 수 있었다. 그로서는 카젠트의 경지를 읽어낼 수 없다는 것을 말이다.

한 단계 아래의 경지에 있는 존재가 그 위의 존재를 제대로 인식할 수 없는 것과 마찬가지였다. 즉, 카젠트는 이미 엑스퍼트 상급을 능가하는 경지에 오른 검사였다. 최상급 아니면…….

'마스터라는 건가?'

하지만 그것은 그의 생각이었을 뿐, 그는 결코 입을 열지 않았다.

그저 카젠트에게 고맙다는 듯이 고개를 숙이더니 자신의 영주인 제이드 앞에서 무릎을 꿇었다.

"걱정을 끼쳐 드려 죄송합니다, 영주님."

"아닙니다, 반체스 경. 그대야말로 막힌 벽을 깨Em릴 수 있어서 다행입니다. 이제 명실상부 엑스퍼트 상급의 경지에 오른 기사라 할 수 있겠군요."

제이드 백작이 웃으면서 반체스의 손을 잡았다.

이제 영지전이 2주밖에 남지 않은 시점이었지만 지금만큼은 어떠한 두려움도 느껴지지 않았다. 그저 할 수 있다는 자신감으로 가득 찼다.

그러더니 제이드가 몸을 돌려 카젠트를 바라보았다.

그리고 모두가 놀랐다.

"감사합니다."

한 지방의 패자라 할 수 있는 영주가 일개(?) 용병단의 단주에게 고개를 숙인 것이다.

아무리 강하다 할지라도 용병에게 고개를 숙이는 영주가 있다니. 개인 용병들도, 그리고 기사들도, 아렌시아 영애도 모두 놀라 할 말을 잃고 말았다.

"별것 아니다."

카젠트 역시 부끄러웠는지 퉁명스럽게 말을 마치고 기동 훈련장을 떠났다.

남겨진 기간트는 창고에 갖다 놓으라고 키를 아르젠에게 넘긴 뒤였다.

뒤처리 담당은 항상 아르젠이었다.

그런 카젠트의 뒤를 따르는 카일과 다른 수하들.

하지만 카젠트는 손을 휘저으며 자신을 따라오는 것을 막았다.

"귀찮다. 오늘은 모두 편히 쉬도록. 나도 좀 피곤하다."

카젠트의 말에 모두들 고개를 숙이더니 자신이 쉬는 방으로 되돌아갔다.

자신의 방에 돌아온 카젠트는 바로 침대에 쓰러졌다. 힘들지는 않았다. 솔직히 말하자면, 반체스가 열 명이 모인다 하더라도 이길 수 있었다. 그것이 기간트 대련이라 하더라도 마찬가지였다.

하지만 그 자신도 모를 이유로 왠지 지쳐 왔다. 반체스와 제이드의 관계를 보고 말이다. 그리고 가르침 아닌 가르침을 내리면서 자신의 길을 떠올려 봤다.

"후회는 하지 않는다. 나는 아직도 잊지 못했다. 그날의 참상을 말이다. 나를 위해 죽어 간 백작도, 그리고 다른 기사들과 병사들도 나의 뇌리에 선명하다."

수많은 사람들이 그를 위해 죽어 갔다. 그럼에도 그는 결국 도망쳤다. 그가 원했든 원하지 않았든 도망갔다는 사실은 결코 변하지 않았다.

하지만 그는 결코 자신이 추구하던 가치를 잊지 않았다. 그가 제이칼, 세우스, 라이킨, 르티아에게 배워 온 것들, 바로 사람으로서 진정으로 추구하는 가치를 말이다.

자유.

그가 가장 추구하는 인간의 가치.

이 가치를 추구하기에 힘든 길을 선택했다. 그는 검을 들었고 그 검으로 징벌을 할 생각이었다.

바로 크로아 왕국의 제1왕자 알베드 폰 크로아에게.

그를 벌하고 나아가 크로아 왕국을 벌함으로써 왕국에 변화를 줄 생각이었다. 지금 하려는 것은 아직 시작 단계도 아니었다. 빨리 왕국에 육박할 수 있을 정도의 힘이 필요했다.

"이제야말로 시작이라고 할 수 있다. 나는 결코 물러나지 않을 것이다. 그러니 너희들은 나를 위한 발판이 되도록. 반체스, 그리고 제이드 백작."

천천히 세력을 키우는 것은 그의 성격이 용납하지 못했다. 그래서 일부러 불가능에 가깝다는 이 의뢰를 선택한 것이다. 다른 수하들 역시 그런 그의 선택을 존중했다.

카젠트는 곧 침대에 눕더니 눈을 감았다.

그리고 시간은 계속 흘렀고, 그동안 그는 세이칼 영지의 기사들에게 기간트 조종술을 가르쳐 주었다. 그리고 어느덧 영지전이 발발하기 이틀 전이 되었다.

15장

영지전 발발 上

(1)

　넓은 막사 안, 수많은 사람들이 큰 사각형 탁자 앞에 모여 앉아 있었다. 모두들 하나같이 환하게 미소를 짓고 있었다.

　"이제 이틀 뒤에는 세이칼 영지에서 밥을 먹을 수 있겠군요, 후작 각하."

　40대의 한 중년 사내가 웃으면서 말을 꺼냈다.

　그의 이름은 자크 드 판테라이고, 작위는 백작이었다.

　알렉시아 드 나우 후작의 마법사이자 참모이기도 한 그는 5서클 마법사였다.

후작이 직접 찾아가 영입한 인물로, 라레스 왕국 내에서도 꽤 이름있는 마법사였다.

자크 드 판테라 백작의 말에 알렉시아 드 나우 후작의 얼굴에도 환한 미소가 나타났다. 축복받은 영지인 세이칼 영지를 완전히 손에 넣을 수 있다면 공작으로 승작하는 일도 어려운 일이 아니었다.

"그래도 이번에 세이칼 영지에서 13기의 기간트를 가진 용병 라이더들을 데리고 왔다 하더군요. 기간트 13기면 주의해야 할 전력입니다."

그때, 한 기사가 일어나 자신의 의견을 말한다.

기사의 이름은 네르바 드 후딘 백작.

판테라 백작이 알렉시아 후작의 머리라면 네르바 백작은 알렉시아 후작의 검이었다.

그의 경지는 엑스퍼트 최상급의 기사. 라레스 왕국 제일의 검호이며 동시에 동부 대륙에서 열 손가락 안에 드는 강자이기도 했다.

"확실히 기간트 13기면 주의해야 할 만 하지. 하지만 우리 영지에만 그 기간트가 무려 30기가 있네. 세이칼 영지에서 가진 기간트도 겨우 7대. 이번에 추가된 용병단의 기간트와 합치면 분명 20기라는 대단한 전력이지. 하지만 이번에 우리가 도입한 신무기를 잊었는가?"

판테라 백작의 자신만만한 말에 네르바 백작이 고개를 끄덕였다.

이번에 비싼 돈을 주고 실버 팽들에게 마나 캐논이라는 신무기를 장착한 것이다. 그 위력은 정말 굉장했다.

제대로 조준해서 맞출 수만 있으면 기간트를 단 두 발만으로 쓰러뜨릴 수 있을 정도였다. 그런 마나 캐논 30대를 사서 실버 팽의 어깨에 한 대씩 장착했다.

소드 마스터의 원거리 공격인 오러 블레스트와 유사한 병기를 사용할 수 있는 알렉시아 후작 진영의 기간트에 비하면 세이칼 영지의 기간트들은 정말 아무것도 아니었다.

"확실히 그것을 잊고 있었군. 괜히 걱정을 하게 만들어 죄송합니다, 후작 각하."

"아닐세, 아무리 약한 상대라 할지라도 방심해서는 곤란하지. 자네의 걱정은 타당하네."

이제 47세가 되는 짙고 긴 회색 머리카락과 수염을 가진 알렉시아 후작이 그런 네르바 백작을 웃으면서 바라보았다.

네르바 드 후딘 백작은 그가 할 수 있는 모든 정성을

들여 키운 인재였다.

그가 소영주 시절 때부터 자질을 알아보고는 아낌없이 지원을 해준 네르바 드 후딘 후작은 이제 소드 마스터를 눈앞에 보고 있는 인재였다.

그의 나이가 39세이니 아직 가능성은 충분했다.

"뭐, 일단은 사자를 보내는 것이 예의라 할 수 있지. 아무리 다 이긴 전쟁이라고는 하지만 귀족으로서 예의를 지키는 것 또한 중요한 일이 아니겠는가."

알렉시아 후작의 말에 모두가 고개를 끄덕였다.

귀족으로서 예의를 지키는 것은 아주 중요한 일이었다.

알렉시아 후작이 모인 모든 귀족들을 둘러본다.

"사자로 누구를 보내는 것이 좋겠는가?"

"제가 가겠습니다. 한 번 적진을 둘러보는 것도 나쁘지 않다고 생각합니다."

네르바 백작의 말에 모든 이들이 고개를 끄덕였다.

과연 나쁘지 않은 선택이라고 할 수 있었다.

하지만 알렉시아 후작만은 고개를 저었다.

이런 일로 보내기에는 네르바 백작의 가치는 너무 컸다.

"굳이 네르바 백작을 보낼 필요는 없지. 체스터 자작을 보내도록 하지. 그리고 그 편이 저들을 더 공포에 떨게 만들 것이다."

루폰 드 체스터 자작.

그는 네르바 백작 다음 가는 기사였다. 나이는 37세로, 소드 엑스퍼트 상급의 경지에 오른 기사였다.

그는 신중한 네르바 백작과는 달리 광포하고 잔인한 성격을 지닌 남자였다.

그는 어지간해서는 결코 내성에서 머무르지 않았다.

하루에 한 번이라도 피를 보지 않으면 살 수 없는 남자라 그는 항상 최전선에 나가 싸웠다.

"그를 보내며 항복을 받기 전에 제이드 드 세이칼 백작을 죽여 버릴 수 있습니다만?"

판테라 백작이 얼굴을 찌푸리며 말을 했다.

루폰 드 체스터 자작은 그와는 어울릴 수 없는 사이였다.

항상 내리는 모든 작전들을 무시하고 독단적으로 일을 처리해 왔기 때문이다. 그렇게 생긴 피해를 감수하는 것은 항상 판테라 백작이었으니 둘 사이가 좋을 리는 없었다.

"그건 내가 주의를 주겠네, 판테라 백작. 만약 그가 함부로 제이드 드 세이칼 백작에게 검을 휘두르면 네르바 백작이 그를 가만히 놔두지 않을 걸세."

알렉시아 후작이 웃으면서 말하자 그제야 고개를 끄덕이는 판테라 백작.

아무리 루폰 드 체스터 자작이라 할지라도 네르바 드 후딘 백작에게만큼은 공손했기 때문이다.

"그러면 이제 어느 정도 마무리가 되었고, 남은 것은 전쟁이군요. 사자는 오늘 보낼 것이고 전쟁은 내일 아침부터 시작할 것입니다. 라이더들에게 오늘 하루 푹 쉬라고 전해 주십시오."

판테라 백작의 말이 끝나자 알렉시아 후작이 고개를 끄덕였다.

내일은 그가 기대하던 날이었다.

그는 직접 전장에 나가지 않았다.

본래 나가려고 했으나 가신들이 죽을 각오로 말려 나가지 못하게 된 것이다.

제대로 된 공작이 되기 위해서는 그런 명예로운 모습을 보일 필요가 있었지만, 이미 압도적으로 차이가 나는 세이칼 영지전 같은 데에 나서면 오히려 불명예스러운 일이라고 가신들은 외쳤다.

그래서 그 자신 역시 강한 기사이기도 한 알렉시아 후
작은 전장에 나가는 것을 포기했다.

한편, 루폰 드 체스터 백작은 짜증을 내며 몇 명의 기
사들과 함께 세이칼 영지를 향해 가고 있었다.

명색이 알렉시아 후작 진영의 기사 중에서 서열 2위인
자신을 겨우 사자로 보내다니.

하마터면 그는 그 사실을 전한 기사를 베어 버릴 뻔했
다. 하지만 네르바 드 후딘 백작의 이름을 듣고 포기했다.
네르바 드 후딘 백작은 사적으로는 가장 존경하는 형이었
고, 공적으로도 닮고 싶은 기사였다.

성격을 닮는 것은 무리지만 말이다.

"내가 이런 것까지 해야 한단 말인가."

아무리 주군인 알렉시아 드 나우의 후작의 명령이고 네
르바 드 후딘 백작의 이름으로 협박 아닌 협박을 받았다
고는 하지만, 짜증나는 것은 짜증나는 일이었다.

그 마음을 다른 기사들도 알기에 그의 불만스런 태도에
도 아무런 대응을 바라지 않는 것이다.

"세이칼 영지에서는 어떻게 나올까? 나를 보며 제발 살
려 달라고 애걸복걸 할까나?"

심심해진 루폰 자작의 말에 다른 기사들이 조심스럽게 고개를 끄덕이며 동의를 했다.

루폰 자작의 성질을 건드려 봤자 그들에게 이로울 것은 없었기 때문에 조심스러운 태도를 취하는 것이다.

"아마 그러지 않겠습니까? 그 영주라는 자도 루폰 자작님의 이름을 듣자마자 벌벌 떨며 살려 달라고 구걸할 것입니다."

한 기사가 루폰 자작의 기분을 좋게 만들어 주기 위해 아부성 말을 했다. 그런 기사의 의도에 어긋나지 않았는지 루폰 자작이 환하게 미소를 지었다. 그러면서 세이칼 영지의 백작인 제이드를 떠올렸다.

24살에 엑스퍼트 하급에 오른 천재.

그의 일그러지는 얼굴을 생각할 때마다 기뻐지는 루폰 자작이었다.

"네놈이 절망하는 모습을 지켜봐 주지."

루폰 자작의 살기 어린 목소리가 도로에 조용하게 울려 퍼졌다.

그런 루폰 자작이 세이칼 영지에 사자로 방문한다는 소식은 매우 빠르게 알려졌다.

세이칼의 영지, 내성에서 제이드가 아렌시아와 반체스, 그리고 제이크를 바라보았다.

　"하필이면 루폰, 그 작자가 사자로 방문한다는 말인가."

　제이드의 한탄과 같은 중얼거림에 아렌시아의 얼굴 표정도 나빠졌다. 루폰 자작은 그 자신보다 훨씬 어린 아렌시아에게 추파를 던진 적이 있었다.

　바로 거절한 그녀였지만 자신을 바라보던 뱀과 같은 징그러운 루폰 자작의 눈을 생각하면 항상 두려웠다.

　"그런 인간 백정 놈이 사자로 방문하다니, 이것은 세이칼 영지의 격을 떨어뜨리는 것입니다, 영주님!"

　평소에 냉정을 유지하던 제이크가 일어서더니 분노로 가득한 어조로 외쳤다.

　제이크의 말에 고개를 끄덕이는 제이드.

　"하지만 그렇다고 그를 공격할 수는 없습니다. 영지전에서라면 저 하나로 끝이 나겠지만 자칫 잘못하여 꼬투리를 잡히면 영지에 사는 죄없는 이들도 큰 피해를 입을 수 있습니다."

　제이드의 말에 자리에서 일어나는 반체스와 제이크.

　"저 반체스 드 히든, 결코 적들이 영주님에게 피해를

입히는 것을 용납하지 않을 것입니다. 그런 자들에게 저의 검으로 직접 응징을 하겠나이다."

"저 제이크 드 케롬 역시 마찬가지입니다. 결코 저들은 영주님에게 어떠한 피해도 주지 못할 것입니다."

제이크와 반체스가 모두 일어나서 한목소리로 외쳤다.

그런 자신의 기사들이 만족스러웠는지 웃으며 고개를 끄덕이는 제이드가 두 기사를 모두 껴안았다.

아렌시아의 눈에서는 계속해서 물방울이 떨어지고 있었다.

이미 승리하는 것이 힘들다는 것을 인지하고 있는 그들이었다. 그들 역시 어찌 되었든 간에 20기나 되는 기간트를 보유했다.

알렉시아 후작 진영에는 30대 정도 있다고 알려져 있으니 그렇게 밀리는 전력이 아닌 듯 보일 수도 있었지만, 알렉시아 후작 진영에서 기간트를 끌어 모으는 것은 일도 아니었다.

하지만 세이칼 영지는 이 20기가 전부였고, 더 이상 구할 방법도 없었다.

"그런데 '그 사람'은 잘 가르치고 있습니까? 엄청 힘들다고 알려져 있는데 말이죠."

제이드의 말에 두 기사의 표정이 굳어졌다.

제이드가 말한 '그 사람'의 정체는 바로 카젠트였다.

반체스와의 대결 이후, 그는 라이더로 지정된 기사들을 용병들과 함께 훈련시키기 시작했다.

카젠트의 엄청난 실력을 알면서도 기사의 자존심을 들어 처음에는 반항했지만, 피닉스 용병단의 단원과의 기간트 대련에서 말 그대로 떡이 되어 버린 그들이었다.

그 이후로 그들은 반항하는 것을 완전히 포기했고, 그들의 생활은 하루하루가 지옥과 같았다.

카젠트의 수련 방식은 철저히 탑에서 하던 수련을 따라 한 것이라 아무리 기사들이라 할지라도 입에 단내가 날 정도로 버티기 힘들었다.

너무 고된 것이 아니냐고 얼핏 물어 봤던 반체스도 카젠트에게 타박당하고 물러났다.

그때, 카젠트가 한 말은 이랬다.

"실전에서도 그렇게 말해 보시지."

영지의 라이더 기사들의 실력이 얼마나 형편없는지 알고 있는 반체스는 더 이상 뭐라 말할 수가 없었다.

그 자신 역시 카젠트에게 압도적으로 밀리지 않았던가.

그런 그였기에 카젠트의 방식에 대해서 뭐라 말할 수가 없었다.

그리고 엑스퍼트 상급이 되면서 새롭게 느낀 것이 있는데, 그건 바로 피닉스 용병단원들의 실력이었다.

그가 느낀 바로는 거의 모든 단원들이 그와 검술 실력이 엇비슷하다는 것이다.

특히 라이더로 지정된 10명은 감히 그가 이길 수 있다고 장담할 수 없는 존재들이었다. 그랬기에 그런 이들의 단장을 맡고 있는 카젠트의 실력은 감히 상상도 하기 힘들었다.

그가 생각하기에 피닉스 용병단은 괴물들의 모임이나 다름없었다.

"라이더들의 실력이 정말로 향상되었습니다. 며칠 전과 비교해 보면 다른 사람이 됐다고 해도 믿을 수 있겠더군요."

제이크는 자신이 느낀 바를 솔직하게 말했다.

영지의 라이더들은 그동안 이름뿐인 라이더에서 진짜 제대로 된 라이더로 완전히 변모했던 것이다. 카젠트의 수련 방식이 궁금했지만, 그 과정이 얼마나 힘든지 다른 라이더를 보고서 따라 하기를 포기한 그였다.

"영주님, 루폰 드 체스터 자작이 지금 영지에 도착했습니다. 일단 귀빈실로 모셨습니다만, 그가 빨리 영주님을 뵙기를 원하고 있습니다."

그때, 한 기사가 다급하게 들어와 말을 했고, 네 사람의 얼굴은 다시 일그러졌다.

(2)

루폰 자작은 매우 느긋하게 세이칼 영지의 외성을 지나 내성으로 가고 있었다.

거리는 인적없이 깨끗했다.

그의 비정상적인 성격은 이미 라레스 왕국 내에서도 유명했던 것이다.

핏빛 도살자라는 악명 높은 기사에게 자신의 존재를 보이게 하고 싶은 사람은 세이칼 영지에 아무도 없었다.

하찮은 인간들이 자신을 보는 것을 혐오하는 루폰 자작에게는 오히려 이런 것이 좋았다.

그는 그렇게 내성에 도착해 곧바로 귀빈실에 들어갔다.

"모두 겁을 집어 먹었군. 그런데도 탈주하는 인간들이

없다는 게 더 신기하군."

"천박한 것들이 가 봤자 어딜 갈 수 있겠습니까?"

루폰 자작의 말에 한 기사가 호응해 준다.

이미 전력상 우열이 너무 명백했다.

라레스 왕국에 사는 그 어떠한 사람들도 세이칼 영지의 승리를 생각하지 않았다. 그런데도 세이칼 영지에 사는 사람들은 자신들의 영지를 떠나지 않았다.

그 사실이 신기하면서, 또 한편으로는 무시당하는 것 같아 기분이 나쁘기도 했다.

하지만 뭐 어차피 내일이면 짓밟힐 영지였다. 그는 처음으로 자비라는 것을 베풀어 주기로 마음먹었다.

"루폰 드 체스터 자작님. 제이드 드 세이칼 영주님께서 기다리고 계십니다."

세이칼 영지의 한 기사가 귀빈실에 들어와 루폰에게 고하자 루폰이 고개를 끄덕이며 자리에서 일어났다. 그의 얼굴에는 자신감과 비웃음만으로 가득 차 있었다.

그런 그의 뒤에서 일어나는 나우 후작 진영의 다른 기사들도 마찬가지였다. 그들을 당당하게 걸어 나갔다.

"루폰 드 체스터 자작께서 드십니다!"

루폰 드 체스터 자작을 맞이하는 방의 분위기는 엄숙했

다. 이제는 얼마 남지 않은 3명의 봉작 가문 수장과 기사들로 채워져 있었다.

걸음을 멈춘 루폰 드 체스터 자작은 제이드 드 세이칼을 보며 살짝 고개를 숙이고 더 이상 예를 취하지 않았다. 귀족의 예법에 어긋나는 수준을 넘어 엄청 무례한 행동이었다.

"안녕히 지내셨는지요, 제이드 드 세이칼 백작."

"저, 저런!"

봉작 가문의 세 수장과 기사들은 모두 분노하며 루폰 드 체스터 자작을 노려보았다.

하지만 제이드 드 세이칼은 그런 루폰 자작의 무례한 행동에도 아무런 감정을 드러내지 않았다.

"후작님께서는 백작이 영지와 기간트들을 모두 바치면 모든 이들의 안전을 보장해 준다고 약속하셨소. 그러니 헛된 저항을 그만두고 하루빨리 항복을 하는 게 속이 편할 것이오."

이쯤 되면 더 이상 무례라고 표현할 수 있는 수준이 아니었지만 그래도 제이드 백작은 참았다.

하지만 다른 이들은 치솟는 분노를 억제하느라 이미 얼굴이 붉어져 있었다.

반체스 경 역시 자신의 검을 뽑고 싶다는 생각이 매우 간절했으니 말이다.

"그리고 아렌시아 영애를 저에게 주신다면 충분히 후작님에게 좋은 말을 해 줄 수 있답니다."

이제는 세이칼 영지의 꽃이라는 별명을 가진 아렌시아 백작 영애까지 모욕하자 한 기사가 더는 참지 못하고 검을 뽑으려 했지만 반체스가 그런 기사의 팔을 잡았다.

여기서 사건이 일어나면 그도 상황을 되돌리기 힘들다는 것을 알고 있는 것이다.

하지만 모두가 좋아하는 아렌시아를 감히 이런 식으로 모욕하는 것은 그 역시 참기 힘들었다.

역시 저 작자는 영원히 어울릴 수 없는 인간이었다.

"인간 도살자 주제에 별 헛소리를 다 하는군."

처음으로 말문을 연 제이드 드 세이칼 백작의 말은 아주 거칠었다.

그런 말을 들은 루폰 드 체스터 자작은 어안이 벙벙해졌다.

손발이 싹싹 빌어도 모자랄 판에 자신을 도발하다니.

그리고 그는 그런 도발을 참고 넘어가는 인간이 아니었다.

"하찮은 애송이가!"

쿠오오오!

엑스퍼트 상급의 경지에 오른 이로서 강력한 살기를 뿜어 대지만 중간에 반체스가 자신의 기세로 중화시켰다.

반체스가 자신보다 약할 것이라 알고 있는 루폰 드 체스터 자작이 얼굴을 찌푸렸다.

"세이칼의 이름을 모독하지 마라, 루폰 드 체스터. 네 놈 하나만은 여기서 쉽게 죽일 수 있다."

반체스의 말에 발작하며 날뛰려고 한 루폰이었지만 기사들이 그를 만류하자 그제야 상황 파악이 되었다.

세이칼 영지의 모든 기사들이 하나같이 살기를 내뿜으며 그를 노려보고 있었다.

아무리 그라 할지라도 여기 있는 모든 기사와 싸워서 생존을 장담할 수는 없었다.

"돌아가서 나우 후작에게 전하시게, 루폰 드 체스터 자작. 나 제이드 드 세이칼은 끝까지 싸울 것이라고!"

"제이드 드 세이칼 백작님 만세! 만세!"

반체스가 검을 들어 올리며 외치자 그의 외침과 감정에 동조한 모든 이들이 하나가 되어 만세를 외쳤다.

"이익! 그 선택, 후회하지 마시오!"

재빨리 기사들과 함께 나오는 루폰 드 체스터 자작은 그 길로 말을 타서 세이칼 영지에서 빠져나왔다.

그는 정말 분노하고 있었다.

당장 내일 전쟁이 시작되면 그 자신이 선두에 서서 모든 것을 파괴할 것이다.

그는 그렇게 장담했다.

그때였다.

쉬에엑!

무언가가 날아옴과 동시에 루폰 드 체스터 자작을 따르는 한 기사의 심장을 꿰뚫었다.

쿵!

말에서 굴러 떨어지는 기사는 이미 낙마하기 전에 즉사한 상태였다.

기사의 심장 부근에 꽂혀 있는 화살을 보고 당황하는 루폰 드 체스터.

쉬에엑!

다시 한 번 화살 공격이 날아오자 이번에는 오러를 형성하며 그대로 화살을 베어 버리는 루폰 드 체스터 자작이었다.

성격은 개차반이라 할지라도 그의 실력만큼은 진짜였다.

"역시 기사를 계속 화살로 잡는 것은 무리가 있군요."

말과 함께 은빛 가면을 쓴 사내가 모습을 드러내었다.

코 위로 모든 얼굴을 가린 사내는 그야말로 아무런 기척 없이 모습을 드러냈다.

루폰 드 체스터 자작과 다른 기사들 역시 자신의 검을 뽑아 가면을 쓴 사내에게 겨누었다.

"세이칼 영지 놈이냐? 감히 우리가 알렉시아 드 나우 후작님의 가신인 것을 알면서도 그러는 것이냐?"

루폰 드 체스터 자작이 살기를 뿜어내며 소리쳤다.

하지만 그런 루폰 드 체스터의 흉악스런 살기에도 가면을 쓴 사내는 그저 어깨를 한 번 으쓱일 뿐이었다.

"세이칼 영지 놈이기는 합니다. 일단은 말이죠. 아무래도 그쪽과 계약했으니 말이죠. 하지만 저는 단 한 분만을 빼고는 아무도 두려워하지 않습니다. 그분 때문에 제가 이러고 있기는 하지만 말입니다."

무척이나 자신감이 넘치는 말이라 할 수 있지만 듣는 루폰 드 체스터 자작은 아니었다.

그는 그대로 자신의 검을 내질렀다. 아니, 내지르려고 했다.

하지만 이미 붉은 오러로 뒤덮인 가면사내의 검이 그를

향해 쇄도하고 있었다.

콰아앙!

가면사내와는 다른 핏빛 오러로 막아 냈지만 놀랍게도 루폰 드 체스터 자작이 밀렸다.

"무슨!"

자신이 이리도 허망하게 밀리는 것에 경악하는 루폰 드 체스터 자작이었지만 그는 곧 자신의 뒤에 있는 기사들을 믿었다.

그들 역시 검을 뽑았으니 가면사내의 빈틈을 타 충분히 검을 꽂아 넣을 수 있을 거라고 굳게 믿었다.

하지만 그의 믿음은 배신당하고 말았다.

"크아악!!"

촤악!

가면사내의 검이 노린 것은 루폰 드 체스터 자작이 아니었다. 처음부터 뒤의 기사들이었던 것이다. 그리고 그 검은 붉은 섬광이 되어 순식간에 기사들의 몸을 베어 갈랐고 1분도 채 지나지 않아 루폰 드 체스터 자작만이 남고 말았다.

"네놈은 누구냐?"

저 기사들은 저렇게 쉽게 죽을 만한 존재들이 아니었

다. 명색이 알렉시아 드 나우 후작 진영에서 가리고 가린 기사들이었던 것이다.

그제야 루폰 드 체스터 자작은 눈앞의 상대가 감히 경시할 수 없는 존재라는 사실을 깨달았다.

"이제 좀 상대가 눈에 보이시는지요?"

가면사내의 눈은 보이지 않았지만 입가에는 분명히 미소가 피어오른 상태였다. 상대는 알렉시아 드 나우 후작 진영의 기사 중에서 서열 2위인 자신을 완전히 무시하고 있었던 것이다.

그 사실을 인지한 루폰 드 체스터 자작이 단숨에 검을 내질렀다.

핏빛 오러가 실린 검이 매섭게 가면사내를 향해 쇄도했다.

콰아앙!

이내 가면사내의 검과 루폰 드 체스터 자작의 검이 격렬하게 부딪치기 시작했다.

콰앙! 쾅!

오러와 오러가 부딪칠 때마다 굉음이 울려 퍼지고 오러의 파편들로 주변이 깨져 나가기 시작했다.

하지만 호각으로 보이던 두 사람의 대결은 시간이 흐를

수록 서서히 루폰 드 체스터 자작이 밀리기 시작했다.

"하아앗!"

루폰 드 체스터 자작이 높게 도약하며 검을 내리그었다.

콰앙!

하지만 가볍게 루폰 자작의 공격을 막아내고 오히려 왼쪽 주먹을 내지르는 가면사내.

주먹은 그대로 루폰 자작의 복부를 꿰뚫었다.

"커헉!"

전신이 뒤틀리는 듯한 충격에 한쪽 무릎을 굽히는 루폰 자작.

그런 루폰 자작을 바라보며 다시 가면사내가 입을 열었다.

"알렉시아 후작 진영의 기사들은 형편없군요. 겨우 당신 정도가 서열 2위라니."

"네노옴!"

분노한 루폰 드 체스터 자작의 눈에 피가 모이기 시작하며 짙은 혈광을 토해냈다. 그리고 오러의 농도 역시 한층 더 짙어져 있었다.

그런 루폰 자작의 모습에 이제야 어느 정도 상대가 될

것 같다는 듯 고개를 끄덕이는 가면사내.

"억지로 하는 건데 재미도 없으면 정말 짜증나니 말이죠. 당신은 최선을 다해야 됩니다."

하지만 분노로 이성이 마비된 루폰 자작은 그런 가면사내의 말을 듣지 못한 채 이제까지와는 비교도 안 될 정도의 신체 능력을 보이며 빠른 속도로 쇄도하였다.

알렉시아 드 나우 후작이 버서커라 부르는 그의 진정한 모습이었다. 그리고 이 상태일 때의 그는 진정한 핏빛 도살자가 되었다.

이 상태의 그는 네르바 드 후딘 백작에게 뒤지지 않을 정도였다.

쾅아앙! 쾅앙!

한층 더 거센 공방이 이루어지기 시작했다.

막무가내로 휘두르는 것 같으면서도 일격, 일격에 필살의 의지를 담고 있는 루폰 자작의 공격을 가면사내는 수월하게 막아 냈다.

위력도 세지고 속력도 빨라졌지만 이성을 잃어 복잡한 검식을 사용할 수 없고 오히려 단순해진 것이다.

그렇다고 결코 무시할 수는 없었다.

"크아앙!"

짐승과 같이 포효를 하며 검을 내지르는 루폰 자작.

그런 루폰 자작의 검을 바로 튕겨 내는 가면사내. 그 상태에서 바로 검을 내리긋자 루폰 자작의 가슴이 깊게 갈라졌다.

하지만 고통을 느끼지 못하는 듯 그저 매섭게 검을 휘두르는 루폰 자작.

검을 휘두를 때마다 그 위력이 더욱 거세졌다.

"이런 상태로 잘도 살아 있었군요. 과연 학살자라는 이름답게 피에 미쳐 버렸군요."

재미없다는 듯이 중얼거리는 가면사내. 더 이상 끌면 그 역시 위험해질 수 있었기에 이제 끝을 보기로 마음먹은 것이다.

이런 자를 기사로 부르는 것은 모든 기사들에 대한 모욕이었다. 그가 생각하기에 루폰 드 체스터 자작은 피를 갈구하는 미친 살인귀에 불과했다. 그런 상대에게 예의를 갖춰 상대할 이유는 없었다.

쉬에엑!

호흡을 가다듬은 가면사내가 그대로 검을 내질렀다.

그 속도는 이제까지와는 비교도 되지 않을 정도로 빨랐다.

콰앙!

이제까지와 마찬가지로 오러와 오러의 부딪침이었지만 루폰 드 체스터 자작은 허무하다 싶을 정도로 튕겨져 나갔다. 그의 상체를 덮고 있던 갑옷은 완전히 부서졌다.

"크르릉."

그럼에도 개의치 않고 달려드는 루폰 드 체스터 자작.

그의 폭주는 주변의 모든 존재들을 죽일 때까지 결코 멈추지 않았다. 지금 그가 노리고 있는 가면사내를 죽이기 전까지는 결코 그의 폭주는 멈추지 않을 것이다.

그런 루폰 드 체스터 자작이 마음에 들지 않는지 가면사내의 입가에서 웃음이 사라졌다.

콰아앙!

루폰 드 체스터 자작이 허리를 90도 정도 숙여 그대로 검을 밑에서 위를 향해 그어 올렸다.

그런 공격을 가볍게 몸을 돌아 회피하는 가면사내.

회피하는 것과 동시에 검을 휘두르자 오러가 실린 검이 순식간에 루폰 자작의 왼쪽 어깨를 베어 갈랐다.

푸아악!

그대로 새빨간 피가 분수처럼 치솟았다.

"크아앙!

왼팔을 잃고 엄청난 양의 피가 흘러내림에도 루폰 자작은 그야말로 엄청난 속도로 쇄도하여 검을 내질렀다.

그가 할 수 있는 마지막 찌르기였다.

그와 동시에 핏빛의 섬광이 가면사내의 심장을 향해 쇄도했다.

하지만 핏빛 섬광은 같으면서도 다른 성질의 붉은빛에 의해 갈라지기 시작했다. 아니, 갈라지는 것이라고 인식했을 때 이미 그 붉은빛은 루폰 드 체스터 자작을 집어삼키듯 꿰뚫었다.

"쿠, 쿨럭…… 믿을…… 수…… 가…… 없군. 그, 그런 공격이라니…….”

죽으면서 이성이 되돌아온 루폰 드 체스터 자작이 가면사내를 바라봤다.

분명히 가면사내는 그보다 훨씬 더 늦게 검을 내질렀는데 먼저 도착한 것은 가면사내의 검이었던 것이다.

정말 가공하다고 할 만한 쾌검이었다.

하지만 더욱 믿을 수 없는 것은 자신의 오러가 갈라져 버린 것이다. 물론 불가능한 일은 아니지만 가면사내처럼 쉽게 갈라 버리는 것은 오직 한 종류의 인간들만이 가능했다.

"이미 알고 계실 텐데요?"

가면사내의 검에 맺혀 있는 붉은 오러 블레이드. 초인이라 불리는 소드 마스터의 비기를 가면사내가 펼치고 있었던 것이다.

"소, 소드 마스터라니…… 제길."

푸아아악!

루폰 자작의 가슴이 마치 폭발하듯 박살 나면서 피가 사방으로 뿜어져 나갔다.

죽어 버린 그의 얼굴에는 불신이 담겨져 있었다.

그런 루폰 자작을 내려다보는 가면사내.

그는 곧 자신의 얼굴을 가린 가면을 벗었다.

"당신에게 원한 같은 것은 없습니다. 단지 당신의 죽음이 필요한 분이 있으셨고, 단지 저는 그분의 명을 따른 것뿐입니다."

피닉스 용병단의 부단장이자 카젠트와 마찬가지로 소드 마스터인 사내의 이름은 아르젠 드 토렌이었다.

(3)

모든 것을 어둠으로 뒤덮은 깊은 밤, 세이칼 영지의 외곽 지역.

그곳에는 스무 명 정도의 사내들이 자유분방하게 앉아 있었는데, 왠지 모를 기묘한 분위기로 뒤덮여 있었다.

그때, 영지의 외성의 높은 벽을 뛰어넘은 한 인영이 그대로 그들의 자리에 착지했다.

기간트가 지은 성벽이라 어지간한 인간은 감히 오를 수도 없었지만, 이미 인간의 육체적인 한계를 뛰어넘어 초인이라 불리는 이에게는 쉬운 일이었다.

"왔습니다."

아르젠이 한쪽 무릎을 굽히며 카젠트를 바라봤다.

그런 아르젠을 미소 지으며 바라보는 카젠트가 입을 열었다.

"처리했겠지?"

"물론입니다. 목을 잘라 말에 태워 보냈습니다. 오늘 밤이 되면 저들에게 도착할 것이라고 생각합니다."

말에게는 귀소본능이 있기 때문에 알렉시아 후작 진영으로 보내는 것에는 별 어려움이 없었다.

"오랜만에 날뛰어 보니 어때?"

"날뛰다니요, 그런 적은 없습니다. 그리고 그는 격이

상당히 떨어지는 존재였습니다. 피에 미치는 기사라니요, 그런 자는 감히 기사라 칭할 자격도 없습니다."

루폰 드 체스터 자작을 떠올리며 얼굴을 찌푸리는 아르젠.

카젠트의 명령이 아니었다면 그런 자와는 검도 겨누기 싫을 정도로 혐오스러운 존재였다. 기사 된 이가 피에 미쳐 자신의 이성을 유지 못하고 폭주를 하다니, 다시 생각해 봐도 불쾌했다.

"그런데 함부로 사자로 온 이를 죽여도 되는 것입니까? 알렉시아 후작이 분노하길 바라는 것은 알지만, 그래도 너무 위험한 일을 저지른 것 같습니다."

그랬다. 아르젠의 모든 행동들은 카젠트의 명령하에 이루어진 것이다.

사자로 온 루폰 드 체스터 자작을 본 카젠트는 그를 비밀리에 죽이기로 결정하고 아르젠을 시켜 그를 죽인 것이다.

그의 목적은 단 하나, 분노로 이성을 잃은 알렉시아 후작이 직접 전장에 모습을 드러내는 것.

그런 알렉시아 후작을 단숨에 처리하고 나우 영지를 재빨리 점령하는 것이 바로 그의 목적이었다.

이미 압도적으로 차이가 나는 전력 차이를 뒤집고 세이칼 영지가 영지전에서 승리하게 된다면 수많은 이목들이 세이칼 영지로 집중될 것이다. 그리고 자연스럽게 피닉스 용병단 역시 알려질 것이다.

카젠트가 원하는 것은 바로 명성.

압도적인 전력 차이를 뒤집어엎을 정도로 강력한 용병단이라는 사실을 모든 사람들에게 인식시키고 많은 강자들을 모아야 할 필요가 있었다.

비록 모든 기체를 제레미아 제국으로부터 수입하고는 있지만 동부 최강의 왕국인 크로아 왕국을 등에 업고 있는 알베드 폰 크로아와의 싸움에서 살아남기 위해서는 하루 빨리 많은 강자들이 필요했다.

천천히 명성을 키운다면 그런 강자들을 모아오기 힘들 것이기 때문에 이런 도박과도 같은 결정을 하는 것이다.

"하지만 나는 인내심이 부족하거든. 우리를 위해 죽은 모든 이들을 생각해라. 우리는 그들의 희생으로 인해 살아났고, 지금의 목숨은 두 번째 목숨이라는 것을 결코 잊지 말도록."

카젠트의 말에 모든 수하들의 기세가 바뀌기 시작했다.

그들 역시 잊지 못했다, 그날의 참상을.

자신들과 운명을 함께했던 모든 이들이 적의 기습에 가까운 공격으로 인해 몰살당한 것을. 그리고 힘들게 개척한 영지가 불타오르고 사라져 버린 것을.

쿠오오오!

기사들의 분노와 슬픔이 하나의 기세가 되어 주변으로 퍼져 나가기 시작했다.

"그들의 원한을 갚기 위해서라면 나는 그 어떤 수단도 행하는 것을 망설이지 않을 것이다. 그것이 설령 기사로서 어긋나는 행동이라 할지라도 나는 행할 것이다. 너희들이 행하는 모든 일에 대한 책임도 내가 질 것이니 너희들은 나의 말을 따르도록."

카젠트의 말에 모든 수하들이 한쪽 무릎을 굽히고 자신의 검을 뽑아 세웠다.

아르젠 역시 자신의 검을 뽑아 가슴 앞에 세웠다.

"저희들은 전하의 검이며, 또한 방패입니다. 전하께서 명령하시면 지옥불에라도 저희는 웃으며 들어가겠나이다. 전하께서 가시는 길에는 언제나 저희가 있을 것이며, 그 길에서 언제나 전하의 명을 따르겠습니다. 그러니 그런 말씀은 하지 마십시오, 우리의 주군이시여."

"충성을 바쳐 전하의 길을 따를 것이옵니다!"

아르젠의 말이 끝나자 다른 수하들이 하나 된 마음으로 외쳤다.

그런 수하들을 바라보는 카젠트의 얼굴에 환한 미소가 떠올랐다. 오랜만에 짓는, 진심으로 기쁨이 담겨져 있는 미소였다.

하지만 카젠트와 달리 웃지 못하는 사람이 있었다.

그는 지금 루폰 드 체스터 자작의 목과 그를 따르던 다른 기사의 목을 믿을 수 없다는 듯이 바라보고 있었다.

콰아앙!

탁자를 거세게 내려치는 알렉시아 드 나우 후작의 얼굴은 엄청난 분노로 인해 혈관이 튀어 나오고 얼굴색은 매우 붉어져 있었다.

"제이드 드 세이칼, 그 젊은 놈이 드디어 미쳐 버린 것이냐! 감히 이 알렉시아 드 나우 후작이 보낸 사신들을 이렇게 대하다니 말이야!"

알렉시아 드 나우 후작의 드러내는 화산 같은 분노에 가신들은 아무런 대답도 하지 못했다. 그들 역시 분노한 것은 마찬가지였기 때문이다.

감히 알렉시아 드 나우 후작이 보낸 사자를 죽이다니, 도발도 이런 도발이 없었고 무례도 이런 무례가 없었다.

알렉시아 드 나우 후작은 자리에 일어나서 루폰 드 체스터 자작의 얼굴을 들어 올렸다.

루폰 드 체스터의 얼굴 표정은 선명했다. 자신의 죽음에 대해 도저히 믿을 수 없다는 표정이었다. 루폰 드 체스터와 같은 강자가 이런 표정을 지으며 죽었다는 것에 대한 설명은 기습밖에 없었다.

물론 상대가 압도적인 강자였다면 이렇게 만들 수도 있었겠지만 세이칼 영지에 그런 강자는 없었다. 제일 강하다고 알려진 반체스도 알렉시아 드 나우 후작과 비슷한 수준에 불과했다(그는 아직 반체스가 상급이 되었다는 것을 몰랐다).

"더 이상 세이칼 영지와의 대화는 없다. 그들의 것을 가지지도 않을 것이다. 우리가 하는 것은 그저 파괴일 뿐이다."

평소에는 여유로움을 자랑하던 알렉시아 드 나우 후작의 얼굴에 더 이상 여유는 존재하지 않았다. 무심해 보이는 얼굴이었지만, 그것은 분노가 극에 이르렀기 때문이라는 것을 모르는 가신들은 없었다.

"전장에는 내가 직접 나서 지휘를 할 것이다. 세이칼 영지가 세상에서 사라지는 것을 직접 내 눈으로 확인해야겠다. 더 이상 세이칼 영지가 주는 이득 따위에는 관심을 두지 않겠다."

잠시 숨을 가다듬은 알렉시아 드 나우 후작이 다시 입을 열었다.

"라이더, 기사, 그리고 병사들에게 알려라. 포로는 필요 없다. 세이칼 영지에 사는 이들 따윈 이제 더 이상 나에게는 필요 없으니 말이다. 살아 있는 모든 생명체를 죽여라. 인간의 흔적이 담긴 모든 것을 파괴하라. 그것이 적들의 기습에 의해 허망하게 죽어 간 나의 기사들에게 해줄 수 있는 최대의 애도다. 진군은 내일 아침 바로부터다. 먼저 예를 어긴 것은 저들이다. 바로 총공격을 감행하겠다."

"후작 각하의 명을 받듭니다!"

모든 가신들이 고개를 숙이며 외쳤다.

그들 역시 그런 후작의 생각에 동의하고 있었다.

"네르바 드 후딘 백작만 남고 모두 물러나도록."

알렉시아 드 나우 후작의 말에 네르바 드 후딘 백작만이 남고 모두 회의장에서 물러났다. 다른 가신들 역시 이미 죽은 루폰 드 체스터 자작과 저 두 사람의 관계를 잘 알고 있었기 때문이다.

루폰 드 체스터 자작이나 네르바 드 후딘 백작 모두 알렉시아 후작이 소영주 시절일 때부터 함께해 온 가장 오래된 가신이었기 때문이다.

"나는 아직도 믿을 수 없다. 그가 이렇게 죽다니 말이다."

알렉시아 드 나우 후작의 한탄과 같은 말이 회의장에 울려 퍼졌다. 눈앞의 네르바나 루폰은 모두 그에게 있어서 동생과 같은 존재였고, 가장 믿을 수 있는 기사들이었다.

루폰의 폭주를 알고 있었음에도 알렉시아 후작은 그의 재능을 아껴 그를 자신의 기사 중에서 서열 2위로 삼은 것이다.

그렇게 아끼고 소중히 여겼던 그가 이렇게 목만 남아서 돌아오다니.

"쥐도 궁지에 몰리면 고양이를 문다더니, 기사도와 귀족의 예를 모조리 때려치울 줄이야. 그 젊은 놈이 그런 인간인 줄 알았다면 결코 너를 보내지 않았을 것이다."

얼굴만 남은 사람의 머리를 쓰다듬는 모습은 기괴하다면 기괴하다고 할 수 있었지만, 알렉시아 드 나우 후작의 모습에서는 그런 기괴함을 느낄 수 없었다.

오로지 후작의 짙은 슬픔만이 느껴졌다.

"나의 실수구나, 루폰. 내가 너를 죽였구나, 내가 너를 죽였어."

알렉시아의 두 눈에서 눈물이 흘러내리기 시작했다. 알렉시아 후작은 가족은 수도의 아카데미에 들어간 아들 하나밖에 없었다. 아내는 이미 3년 전에 병으로 세상을 떠나고 없었다. 하지만 그는 그런 가족들보다 네르바나 루폰에게 더욱 가족의 정을 느끼고 있었다.

"제가 직접 나서서 제이드 드 세이칼, 그의 목과 그와 관련된 모든 이들의 목을 베어 루폰에게 보여 줄 것입니다, 각하."

후작이 직접 전장에 나서기로 하지만 실질적으로 전장을 지휘하는 이는 바로 네르바 드 후딘 백작이었고, 그것은 후작 역시 동의를 했다.

"그래, 그렇게 하도록. 아니다. 제이드 드 세이칼 놈만큼은 반드시 살려서 데려와라. 어떤 식으로 다루든 그것

은 상관하지 않을 것이다. 하지만 반드시 살려서 데려오
도록. 그놈만큼은 내가 직접 벨 것이다."

"명을 받듭니다."

두 사람의 맹세와 함께 밤은 더욱더 깊어갔다.

세이칼 영지의 대위기였다.

〈『정복왕』 제3권에서 계속〉

정복왕 King of Conquest

1판 1쇄 찍음 2011년 6월 7일
1판 1쇄 펴냄 2011년 6월 9일

지은이 | 비 경
펴낸이 | 정 필
펴낸곳 | 도서출판 뿔미디어

기획 | 이주현, 문정흠, 손수화
편집책임 | 주종숙
편집 | 장상수, 이재권, 심재영, 조주영, 이진선
관리, 영업 | 김기환, 김미영

출판등록 | 2002년 9월 11일 (제1081-1-132호)
주소 | 부천시 원미구 상3동 533-3 아트프라자 503호 (우)420-861
전화 | 032)651-6513 / 팩스 032)651-6094
E-mail | BBULMEDIA@paran.com
홈페이지 | www.bbulmedia.com

값 8,000원

ISBN 978-89-6639-122-6 04810
ISBN 978-89-6639-120-2 04810 (세트)